U0933183

清唱

# 亲爱的夏绿蒂

DEAR CHARLOLLE

丁雯静 著
夏绿蒂 绘

北京联合出版公司
Beijing United Publishing Co.,Ltd.

# 致　谢

出版此书，我要感谢丰富夏绿蒂生命的朋友们，谢谢你们一路陪她长大；也感谢那些年追她的男孩，你们给了她不一样的青春记忆，让她在爱情功课里，学习到同龄孩子较难去理解的包容、尊重和自我探索的感性与成熟。

本书除了我、夏绿蒂、家人和部分朋友之外，为了考虑当事人的状态，人名、场景和部分故事情节都略有调整。我们期待夏绿蒂爱情试炼的故事，让更多的人知道，只要我们愿意贴近青春期的孩子，只要愿意面对自己，青春的荷尔蒙，绝对不是洪水猛兽，而是一串串绚丽的烟火。

## 序一

# 亲爱的读者，欢迎少女夏绿蒂

音乐人 方文山

这本《亲爱的夏绿蒂》，是台湾纪录片职人丁雯静，近期有关青春期女儿成长历程的力作。台湾的纪录片界，我所熟识的除了蒋显斌之外，就是丁雯静了。纪录片拍摄，是影视圈冷门、小众且寂寞的行业，丁雯静他们拚命为这时代留下记录，为过往的历史整理脉络，但却不被这时代的大众所熟知甚至关注。也因此，从事这个行业，是需要某种程度的使命感，而她就是这样一个有着侠女性格的纪录片专业职人！

详读了这本《亲爱的夏绿蒂》，我这才惊觉，丁雯静在拍摄纪录片时那知性冷静的思维之外，竟还有如此丰富感性的笔触。在这本书里，除了着重描述她处于青春期的大女儿，其叛逆的行事作风，与独特的情感态度，也有部分侧写她自己的成长经验，以及从事纪录片的心路历程，是一本情感面相当丰富的作品。

在收到书稿时，当书名映入眼帘之际，我脑海中第一个浮现的，是著名作家龙应台的那本《亲爱的安德烈》。在拜读完整本书后，我想到的依然还是《亲爱的安德烈》。因为这两本书彼此间的相异与相同之处，颇耐人寻味。

首先来谈这两本书的相异之处：《亲爱的安德烈》是龙应台与安德烈母子间的书信往来之作，且未集结成书前就已刊登在《南方周末》的专栏上，是母子二人历经三年多所共同著作而成的；而《亲爱的夏绿蒂》，则由丁雯静以一年多的时间采访女儿书写完成。再则《亲爱的安德烈》是日记式的书信体，且是很明确的第一人称写法；但《亲爱的夏绿蒂》很特别的是，其人称观点常常转换，因为它一下以第一人称“我”（丁雯静自己）为出发，一下子跳到第三人称在旁观“她”（夏绿蒂），然后细腻地描述夏绿蒂所面临的人事物，此人称观点的跳接写法对我而言饶富趣味。还有这二本书所讨论与触及的事物，也有所不同，虽说处于青春期的安德烈，其感情上的困扰及不确定性与夏绿蒂没什么两样，但两本书所关注的内容，还是有所不同。譬如种族的身分认同、信仰、文化，跟美学的探讨，此部分自然是因为龙应台话题上的引导，以及安德烈身为中德混血儿本质上的不同，题材相对而言较为广阔，某部分的书信内容偏重理性探讨；而《亲爱的夏绿蒂》则偏重与集中在青春时期的夏绿蒂，在感情、交友与学业等真实生活所面临的问题，以及丁雯静个人之所以会进入纪录片领域的历程回顾，并因而溯及其孩童时期的成长，字里行间较为感性。以上这些，是此二本书不同之处。

两本书的相同之处则在于：书的内容同样都是母亲与子女相处的生活点滴与情感交流。两个孩子在成书阶段，也都是正处于青春期，差别在安德烈属于后青春期（18岁至21岁），而夏绿蒂则刚进入青春期（13岁至16岁）。所以，这两本书都有相当的篇幅，在描述此时期的孩子所面临的情感（包括爱情、友情、亲情）困扰。此外，两本书的母亲作者都是拥有高学历的知识分子，丁雯静是台湾最高学府台湾大学研究所硕士，而龙应台在成功大学外文系毕业后，赴美国求学，最终获堪萨斯州立大学英美文学博士。而这两个高学历母亲，初期面对青春期的孩子都同样束手无措！当然，她们又都想出了自己的对策——龙应台在历经与18岁的安德烈相处却无话可聊时，规定他往后每个月以书信与她沟通交流，维系母子间的情感；而丁雯静则一路陪着夏绿蒂考上高中后，为她那不爱死读书，却拥有绘画天份的女儿筹办个人画展。安德烈与夏绿蒂这两个孩子，一男一女，一个早熟拘谨，一个叛逆随性；一个书信往来间，开头都是正常的写MM（妈妈），一个在家直接叫母亲的名字“丁雯静”。虽说都是青春期的孩子，但两人性格之南辕北辙，像处于不同世界的人，而相同的是，两人都显露出独立思考的能力，与积极探索未来的热情。

这本《亲爱的夏绿蒂》，虽说主要为描写正值青春期的少女夏绿蒂在家庭与学校及朋友圈中所发生的故事，但我以为并没有阅读上的年龄层建议，正值青春期的青少年，或家中有青春期儿女的父母，当然是第一顺位的阅读群。但已离开青春期的人，还是可藉由夏绿蒂的青春故事，回顾与对照属于自己的青涩年少，因为这位慧黠中带点颓废，叛逆中带着思考的夏绿蒂，其种种行径，每每让人不禁莞尔。另外，《亲爱的夏绿蒂》的章节里某些关于夏绿蒂与豪太同学交往间的生动描述，如同小说情节般的引人入胜，颇具戏剧性，或者说夏绿蒂本身的性格就极富戏剧性，她与豪太同学间的分分合合，可谓峰回路转，戏剧张力十足。或许，有朝一日可将其发展成小说体的全知观点，写成一本《少女夏绿蒂》，对此，我可是乐观其成中呢！

## 序二

# 我所钦佩的丁雯静

纪录片导演 陈晓卿

丁雯静是我最羡慕的同行之一（另一位是她的好朋友，凤凰卫视的陈晓楠）。多年来，她一直在做关于20世纪中国历史的纪录片。一部分大陆观众通过凤凰卫视，看过她的《1949大迁徙》《台湾天空的秘密》以及《家春秋》，也通过中央电视台纪录频道看过《黄金秘档》和《惊涛太平轮》等作品。华人社会近几十年的变迁史中，都能看到雯静勤勤恳恳、努力厘清历史原貌的作品。

雯静一度很关注大时代中的传奇人物，比如蒋介石、宋美龄、陈立夫、孔祥熙……她有超强的讲述能力，将历史中的人与事讲得颇具戏剧性。我一直很佩服她讲故事的能力，没想到的是，这种能力后来又有了新去向。这与她的新身份有关，她现在的身份是一位全职妈妈。

之前认识雯静，一直感觉她是个女强人，我们之间的话题永远围绕着大众传播的专业领域，她的微博名字都叫作“台湾纪录片之女”。然而做纪录片并不怎么挣钱，在全世界范围内，纪录片一直是小众的、精英的，市场都不太景气。台湾地区也是一样。2014年，身为总经理的雯静竟然失业了，她所在的历史纪录片创作部门全员裁撤。至于她的下一步打算，则是“专职在家培养女儿”。

原以为她在开玩笑，没想到今年初，她竟给我发来新书《亲爱的夏绿蒂》的稿件，请我作序。在这份稿件里，我惊讶地看到，原来这位“纪录片女王”真的在家教育女儿、钻研料理。她是这么搞笑、通透，充满了自黑精神，一方面和女儿“斗智斗勇”，称女儿为“小魔头”；另一方面又时时自我反省，当女儿的“恋爱顾问”，耐心陪伴女儿修习爱情课。看稿的整个过程我忍俊不禁，再次回到了当初听雯静讲故事的时刻。

我最佩服的是她对于母亲这个身份的界定——不是去命令、控制孩子，而是理解、陪伴孩子，包括理解青春期的爱情、叛逆和颓废。绿蒂的同学们很羡慕她有这样一位母亲，而我则很羡慕雯静。看到雯静陪女儿一同面对失恋，为绿蒂的“女神养成计划”出谋划策，试问我和儿子乐乐之间，好像还没达到如此心无隔阂的地步——也许我该问问他女朋友的事儿了？

雯静说自己是在“豪赌”，赌自己的“废柴”女儿经过一番曲折，最终会成长为一个好姑娘。看到绿蒂开画展的故事时，我意识到雯静是对的。每一个孩子都是特别的，父母给孩子最大的礼物是让他们按自己的生命节奏愉快地成长。

雯静就是这样，在做纪录片时，她保有女性特有的感知和叙述能力，对历史进行超脱的思考。回归家庭以后，又用她的热情为家里重添温暖和欢乐。

你看，这也正是我钦佩喜爱她的地方。

序三

# 致生命中所有的豪太

畅销书作家 林特特

我人生的第一次暗恋，发生在17岁时。

暗恋的主人公是隔壁班的男生，成绩很好，有一双桃花眼。

那年暑假，我有幸与他在同一个教室补课，他坐我身后。每天上课，我都用眼角余光偷瞄他，瞄他，是否也在注意我。

一个早晨，我借他的数学作业参考。

说是参考，确切地说，我不会的，就照着他的抄。

其中一题，他只写了答案，却没计算过程，我问他具体过程是什么，他只酷酷地说："我写了，你也看不懂。"

年少的我，觉得受了莫大的侮辱。

在一个优等生眼里，我的成绩实在不值一提。

问题是，他不止是一个优等生，还是我在乎的人。

于是，一整天，我都很难过，晚上，在黑暗里，我握紧拳头发誓，一定要好好学习，让他刮目相看。

这段往事，已经过去很久。

最近想起，因为雯静姐笔下的夏绿蒂。

没人知道那年夏天，我经历了什么——

没有数学学习兴趣及天分的我，为了赌一口气，为了心中因暗恋受挫升起的对自我的不满，把高中所有的数学书背得滚瓜烂熟。直至高考，我能默写数学课本上的每一道例题。

我因此而考上大学。

至于隔壁班的男生，我究竟是喜欢他，还是把他当假想敌?

很长一段时间，我说不清。

我只知道，那段朦朦胧胧的感情，从没开始，也无从谈结束的感情，让我受益。它像一个点，和之后的那些连起来，变成今日的我。

现在，我在雯静姐的稿件中，看见15岁的台湾女中学生夏绿蒂。

如看见少女时代的自己。

夏绿蒂喜欢上同班同学张豪太，几经分合，尝到热恋的甜蜜、失恋的苦涩。

有过一蹶不振，有过东山再起。

有过被当女神捧，有过理解不同于自己的爱的方式。

有过学习如何管理时间，并不让恋爱耽误事儿。

“一个人逐渐成熟地去爱，他或她，势必也渐渐走向成熟。渐渐通晓和人打交道的艺术，渐渐学会修正不够好的自己。”

“每一代有每一代的不同，而每一代人的成长都有其共性。”

当我带着笑和泪，看完雯静姐作为“军师”“教母”本色出演并写作的夏绿蒂爱情故事，生出诸多思绪。

也终于弄懂了年少时悬而未解的问题——

隔壁班的男生，我究竟是喜欢他，还是当他是假想敌?

原来，你选择爱的人，其实是你的对手。找一个好的对手，你为了匹配他、追求他、得到他的认可，会情不自禁要求自己做出改变。

爱是值得一生修习的功课，学习爱人的过程中，我们会变得更好。

谢谢，那些让我们爱过，即便最后无缘的人。

谢谢，每一代、每一个夏绿蒂生命中遇到的豪太们。

夏绿蒂画作《花海》。

Contents 目录

Contents 目录

# 楔子

## 夏绿蒂，我好像不认识你了

“夏绿蒂？三次？三次啊！”

那个下午，懒洋洋坐在对面的 13 岁少女通过两秒钟思索，向我报出近期的恋爱次数，让我立刻从沙发上弹了起来。

对，就是沙发瞬间通电的感觉，浑身酸麻，有什么东西在我脑血里嘶嘶作响！

看到我这个样子，她终于有了一丝波动，惊讶道：“丁雯静？有什么问题吗？”

我好像不认识她了。

这个直呼我名的少女，也就是本书的女主角、我亲爱的大女儿——夏绿蒂同学，正坐没坐相地歪在那里，一脸的满不在乎，让我怎么看怎么不顺眼。

嗯？是什么时候起，她耳朵已有不规则的五个耳洞？

还有，那满头的棕发，那眼睛里戴着的自认为时髦的瞳孔放大片，那紧得不能再紧的长裤……脚上那双耐克的限量版运动鞋还算正常。

我尽量控制语气："三次啊？夏绿蒂，你不觉得有点儿多吗？而且也太早了吧？"

"有吗？"她想了想，问，"那你是从什么时候开始谈恋爱的？"

"……"我一时语塞。

记忆的镜头突然切换，一些画面突然清晰起来：

夏天的午后、学校附近那堵写满了告白的围墙、被男生群嘲弄的气愤、逃跑起来哒哒撞着背的书包、回身过去看到的深深关切的眼神……那张干净斯文的脸……小鹿乱撞的心脏……

一切仿佛都在提醒我：

喂，丁雯静，你可是从小五开始恋爱的哦！

我冷静了一下，尽量以自然的口气告知她："没错，我是从小五开始谈恋爱的。可我们是有节制、有步骤的好不好？"

我们那个年代谈恋爱，会从暗恋、暧昧、试探、摸索、告白、相恋过渡到公开恋情，都是有循序渐进的步骤的。

交往的度，也是牢牢铭记在心。

交往初期，连牵手都不可能，初吻更是上大学的事了！

我和我的初恋，别说拉手，甚至连告白都没有过。

有的只是交换过半年的心有灵犀的眼神，以及在他转学之后维系了两年的“情书”来往。

话说，“情书”里并无任何谈情说爱的内容，只有双方各自交换学习、生活的感悟。

结束的原因也十分冠冕堂皇：

初一时，学校禁止男女通信，我们从此断了音讯。

我的初恋故事不是很感人吗？

为什么夏绿蒂听着，会一直猛打呵欠？

“丁雯静，你们真的很温吞耶！还有，他又没跟你告白，所以这场恋情不算。”

“我们不流行告白，我们喜欢这种似有若无的爱情。”

“呵呵。”

反观夏绿蒂的恋绩。

恋爱次数：七年级上学期还没结束，她就已经在网络上交过三个男朋友！

恋爱时间：每位男朋友的交往时间，平均不到三星期即已结束。

恋爱模式：千篇一律，具体如下——

一、网络告白，网络上接受。

二、在自己的脸书状态里写上：“稳定交往中”。

三、下课一起去混夜市，逛西门町，到处吃吃喝喝。

四、脸书打卡，拍照晒恩爱。

男朋友也一个不如一个，最近交的那个，居然是庙口前跳电音三太子[①]的孩子。

我只能说，夏绿蒂的行径，对于再前卫的老妈如我都简直不能忍。

好想时光倒流，回到她呱呱落地的那一天。

耳洞消失，棕发变黑，眉头微皱，眼神懵懂而明亮，小拳头粉嫩粉嫩的，举起来哇哇大叫，仿佛在宣告自己从童话里诞生。

在那一刻，我和夏爸爸都必须承认，我们太幸运。

曾几何时，肉乎乎的小天使变身为魔鬼属性的少女歪在我面前。

---

① 电音三太子：电音三太子是一种巨大的神偶，表演的时候，搭配各种流行的电子舞曲，专门在庙会活动期间，作为游街、迎神的串场节目。电音三太子是台湾本土特有文化，也是新兴次文化代表。台湾有些较具规模的寺庙就会培养自己的电音三太子，他们会吸收辍学的年轻人加入，这些年轻人经过培训后，即可加入演出，因此加入出演电音三太子的孩子通常会被标签化为不良少年。

- Chapter 1 -

# 魔性少女也曾温润如玉

夏绿蒂诞生于千禧婴儿潮时期。那是龙年，孩子的出生率特别高，整个华人社会沉浸在生下龙子和龙女的浓烈氛围里。

刚刚晋升为婴儿的她很少让我操心，刚满一个月就能一觉睡到天亮，根本不用我半夜爬起来喂奶。做了妈妈的我依旧美美哒，完全没有熊猫眼的困扰。

她身体一直很健壮，抵抗力特强，半岁时，就能跟着我们四处旅行。

她总是静静地坐在儿童座椅上，安静地看着车窗外流动的风景，上了高速公路后就自动进入睡眠模式，到达目的地时旋即清醒。

一岁半时，我们带她到马来西亚沙巴旅游，她搭乘飞机乖巧得像猫一样，压根儿不哭不闹，简直是人见人爱，可谓父母亲们最梦寐以求的小天使！

乖乖婴儿，温润如玉。

我和先生都是台湾大学研究所硕士毕业，对自己的基因颇为自信。

先生为了圆奶爸的梦想，在夏绿蒂两岁后就离开职场担任全职奶爸，在家全心照料小孩生活起居。

先天基因加上后天的环境，都是天衣无缝的完美，对吧?

我们让夏绿蒂和妹妹夏荞安[1]学习各种各样的才艺，包括舞蹈、钢琴、小提琴、绘画、围棋、溜冰、游泳、骑独轮车、相声、英文、法语以及读经……

另外，每个月至少观赏两场以上的儿童剧。若是暑假档期到了，夏绿蒂必定看足整整一个月的国际儿童剧展。

寒暑假也总有参加不完的营队活动，例如“精英领袖”[2]“昆虫生态”[3]，以及野外露营等。

每年，我们都会安排一到两次长途旅行，带夏氏姐妹到外面的世界增广见闻，养成国际观。

犹记那年我们去马来西亚沙巴旅行，住进了一家靠海热带丛林 Villa[4]型的酒店。不仅酒店安排有丛林探险活动，我们自己还去参加了各种认识生态课程。

同去参加活动的人，有酒店中来自各国的孩子，尤以北欧人居多。夏绿蒂和这些孩子们在活动中沟通无碍，甚至不需要翻译，就能自由玩耍。

---

① 夏荞安：我的二女儿，比夏绿蒂小三岁。

② 精英领袖：台湾民间仿外国的暑期营队，由不同国家和地区的孩子组成，全英文的训练课程为主，鼓励孩子用英文沟通、学习，让孩子在营队中培养独立思考、领导统御、团队合作的能力。

③ 昆虫生态：台北阳明山公园假日的营队课程，让孩子在接触大自然的过程中，认识各种昆虫，了解人和环境生态和平共处的重要性。

④ Villa：家庭式的度假住宿。

回到台湾后，夏绿蒂立即要求我们带她去图书馆找关于欧洲的资料。就这样，夏绿蒂对欧洲产生兴趣竟然是从马来西亚之旅开始的。

不过，后来她学的第一门欧洲语言是法语，不是瑞典语或是芬兰语。

夏绿蒂六岁前、夏荞安才两岁左右，我们在中国大陆进行了一趟为期三星期的“游牧民族式”的自助旅行：从南疆喀什一带，一直走走玩玩到帕米尔高原边界。

穿上维吾尔族的传统服饰，打扮成当地人的模样，夏氏姐妹还在旅途中上了当地的幼儿园，结交了许多维吾尔族和塔吉克族的小伙伴。

两姊妹一致认为，塔吉克族的男孩长得最细致，维吾尔族的乍看还行，就是不耐看。

我心中的 OS[①]是：嘿嘿！小姐们请自己照一下镜子好吗？

至今两姊妹对新疆行念念不忘的，不是这些帅男孩，而是……新疆各种料理的羊肉和馕。

行万里路之外，我们也要读万卷书。

我们家附近就有一座公共图书馆，那里有借不完的童书。只要我没出差，几乎天天会陪孩子进行晚间阅读。

---

① 心中的OS：即内心想法、内心独白。

夏绿蒂自幼喜爱阅读，一群孩子玩得兴高采烈之时，她总可以在一旁安静地看书。

我曾一度深信，爱书的孩子不会变坏。

为了让孩子有单纯的生活环境，我们在夏绿蒂两岁那年，决心把电视机送走。从此过着“在电视台工作的记者，家里却没有电视”的诡异生活。

孩子是我们的，不是电视机的。

我们教育孩子的基本原则是：孩子下课后，不送去安亲班[①]或是上辅导班。因为在学校上课一整天，课后还要挤在狭小的空间里，继续听课写习题，接受无穷无尽填鸭式的练习，对孩子的创造力是一种耗损，对精神更是一种折磨。

孩子是我们的，不是安亲班或辅导班的，更不应该是填鸭式教育的。

天下父母心，我们总是想要给小孩最好的。

才艺、智力、外语、运动、修身、养性、气质、品味以及视野，我们力求面面俱到。

---

① 安亲班：台湾为上班族或是没时间盯孩子功课的家长，衍生出来的补习行业。主要是让孩子在下课后有一个去处，有专门的人可以照顾孩子的饮食，以及指导孩子写完功课，有些安亲班也会开补习课程，让孩子再多花一些时间温习学校所教授的课程。

然而……但是……可是……夏绿蒂 13 岁那年，事情正在起变化。

那一年，夏奶爸重返职场，我也正好处在创业起步期，内心驱使加因缘际会，我们都要大刀阔斧地拼杀事业，有些事情难免要重排次序。

对于夏氏姐妹，我们斟酌了再斟酌，迫于形势，也有意让她们早一点儿独立，决定“放手”。

对于当时的情景，用夏绿蒂的话说——我们“自自然然地消失在她们的世界里”，从此她只能带着妹妹夏荞安相依为命。

夏氏姐妹自己外出搭车去上所有的才艺课，自己写功课，自己阅读课外读物，自己安排生活起居。

居然井井有条，天也并未塌下来。

初期，两位孩子还处于可控制范围，我们对此也感到甚为宽心。

直到有一天，姐妹俩发现了有一种叫“网络”的东西，霎时，多年来我们辛苦建立的所谓“安全堡垒”，变得岌岌可危。

网络以光年速度般排山倒海袭来，瓦解了一切。

后来，我和夏绿蒂聊起父母放牛吃草的那个阶段，她倒也据实而告。

原来，我和夏爸爸每天工作到很晚才回家，她和妹妹写完功课，几乎就无所事事，只好上网看影片。

就这样，她们发现网络是个好东西，便开始和同学实时聊天、玩脸书。

遇到事情，因为无法及时和父母讨论，只好找同学倾诉，寻求同侪支助。

渐渐地，她们的生活有了越来越多的故事，而我们却一无所知。

一来我们太忙，二来她们也懒得给我们从头解释各种事情——在她们看来，我们连她们在说的同学是谁都不知道，更谈不上理解她们了。

再后来，她们就愈来愈不想跟我们聊天，甚至不想跟我们出门。

她们有了自己的朋友，自己的人际网络。我们经年累月架构起的安全网络一夕崩解。

等我们终于意识到，孩子不知何时默默地和我们建立起一道墙后，我猛然发现，夏绿蒂已是一位染发、耳洞无数、穿着性感的叛逆少女了。

更夸张的是她谈恋爱了！

七年级上学期还没结束，她就已经从网络上交过三个男朋友！而每位男朋友的交往时间，平均不到三星期即已结束。

老实说，我曾数度想打爆这个不良少女的头，希望她能够清醒点儿……好啦，其实我也确实这样做过（提示：不良示范，请勿模仿）。

老实说，叛逆少女即使不讲话，光看看她的坐姿，就可以让你全身发毛。

何况她还讲话……

“你可以坐好吗？是不是身上没长骨头啊？可以关掉手机了吗？”

“丁雯静，你可以闭嘴吗？你究竟要啰唆到什么程度啊！”

那天不知吃了什么炸药，我突然火山爆发，像失心疯般地猛打夏绿蒂的头。其疯狂程度，已经达到可以拨打家暴专线的地步。直到妹妹荞安在一旁大哭说：“妈妈不要打了！”我才突然清醒，意识到自己太凶残了！

我是从小练柔道，打进台湾地区前四强的选手。年过四十，我一时技痒，又学起空手道，不小心又拿下空手道业余赛事的冠军。关于教训人，我承认下手的力道应该和男人差不多。

当父母的尊严被孩子挑战，甚至引发溃堤，我承认，我失控了！

我有一群好友，他们的孩子与夏绿蒂差不多同龄。

对于我的处境，他们的劝慰听上去很有道理。

“嘿嘿，老天爷还是公平的。我们的孩子小时候很难带，搞得我们身心俱疲，那时候你倒是天天过着爽日子。如今绿蒂叛逆期，你被疲劳轰炸是公平的。孩子给父母的难题，整体疲劳度是恒定的啊！”

嘻嘻哈哈跟着笑，心里却流过一缕苦涩，隐隐觉得哪里不对——老天爷真是公平的吗？（老天爷说：“怪我咯！”）

对我而言，更深切的体会是，与孩子相处跟情人没两样，一辈子的功课不要指望一劳永逸，更不要以为感情稳固了就可以疏于经营。

我承认关于孩子叛逆期的教养问题，的确困扰我一段时间。

快五十岁的我，一向白发甚少，就在那一段时间，我白发丛生，兴叹频频。

过往我认为，父母亲对孩子无谓的操心，是一件多么穷极无聊的事。我丁雯静这么一个乐观且充满自信的妈，终于开始尝到“担心”的滋味。

面对夏绿蒂这么个孩子，有种她油盐不进、我无处使劲的感觉。

当时我们的关系很差，近乎水火不容、剑拔弩张。每每对谈不到三句话，她就开始满脸不耐烦，并且频频和我唱反调，故意惹怒刺伤我。

好不容易酝酿出来的平静和淡定，立即被她搅成一团火。

家里也是呈现低气压状态，简直让人不想待。

更糟糕的是，没过多久，祸不单行，我竟然失业了！

那是我人生中的第一次失业，创业五年的公司被迫关门。在别人眼中，我正值事业巅峰期，益发得意顺心之际，突如其来惨遭中年失业打击，许多人给予的关注和惋惜之声，也消解不了我前所未有的挫败与危机感。

失去职场舞台，孩子又叛逆椎心，人到中年，进退维谷！

- Chapter 2 -

# 14 岁生日，她潸然泪下

那是 2014 年 6 月 3 日，夏绿蒂得到了一个相当震撼的生日礼物：长天传播准备关门大吉。

生日蛋糕上插着“14”的数字，那是夏绿蒂当时的岁数，她面对着这个漂亮蛋糕，在镜头前潸然泪下。

看着这个满脸泪光的叛逆少女，一时之间，原本百味杂陈的我，越发内心复杂起来。

长天传播是我的东家，它关门意味着我从此失业了！

我原本在凤凰卫视台北分公司任职财经记者。

我的记者生涯中，曾独家访问如今已故的台湾前首富王永庆。2002 年韩国经济风暴进入尾声，韩国邀请王永庆去做一趟投资之旅。我有幸受邀全程随行参与，独家贴身采访王永庆，以及见证这么高层级的投资案。甚至，还专访了韩国前总统金泳三。

也就在同一年，我遇见了制作历史纪录片的契机，人生转了个崭新方向，从此拍纪录片成为我的一生志愿。

这么一投入，14 年光景流转至今。

我比较广为人知的纪录片作品，大概要算《1949 大迁徙》《台湾天空的秘密》《家春秋》《黄金秘档》《惊涛太平轮》《最后岛屿》等近二十部。这当中，《1949 大迁徙》还成为官方、学术界与民间研究的参考引用标杆。

2009 年初，台湾当时的首富蔡衍明先生从大陆回到台湾投资电视台，有意耕耘历史纪录片。我们理念一致，一拍即合，“长天传播”便是在这样的机缘之下诞生，而我担任这家公司的总经理兼总制作人。

事实上，历史纪录片在台湾影视圈属于小众且生冷的题材，收视率与商机极其有限，而我却一直都是在预算资源相对充足的电视台，制作出一部部大历史真故事的纪录片。与一般独立制片的纪录片工作者相比较，我着实幸运太多。倚靠“富爸爸”的支持，我尽情燃烧理念、精进地制作出高水平纪录片，为华人历史论述献上一份绵力。

事业上貌似一帆风顺。

我埋首追寻拼凑历史拼图，双脚踏遍中国大陆以及香港、台湾地区，又寻访日本、美国等不同国家，一小片一小片组装缝合，为着动荡战乱大时代许多小人物，他们的那个年代、那些孤魂亡灵的故事发声与诠释，引起当代人们反思与对话，甚至还名成利遂，数度赢得两岸纪录片报道奖、台湾电视产业“金钟奖”最高奖项等殊荣。

与此同时，我和我两个女儿的情感，正在静默悄然地片片剥落。

外头奉承与掌声过于响亮，成就感膨胀塞满我心脏。

结果，我根本听不见，也看不着，感受不了，我跟自我腹中生出的亲密骨肉，无声之中渐行渐远。

我以为，事业的成就，顺理成章给家庭带来安心无虞的经济力、保护力，以及爱的奉献，却原来只是在梦里。

从 1995 年进入电视台，到 2014 年长天传播结束，我在媒体圈工作已将近二十个年头。

那是异常漫长的一天。

一夕之间，我的事业与亲子关系，双双落马。不见鲜血淋漓，内在却发出粉身碎骨、痛彻心肺的巨响。

那个早上，旺旺中时媒体集团总裁蔡绍中传唤我到他办公室，用一种诡异的笑容看着我说：“昨天生日开心吗？”

原来总裁是不想破坏我庆生的心情，决定隔天才告诉我这个消息。

他当然不知道，也不需要知道，我的生日和绿蒂的生日相隔一天，当天是她 14 岁生日。

“集团要进行整顿大瘦身，长天是第一家要处理的单位，必须结束，所以请你们务必配合。”蔡绍中说。

这句话，是长天传播最后的命运判决。

长天成立已经迈入第五个年头，制作历史纪录片太烧钱，难有利润盈余。虽然赢得奖项和赞誉，但在持续亏损的情况下，集团还是决定让它寿终正寝。

眼下，一个月以后，11 个员工将同时失业。

我向大伙儿宣布这一晴天霹雳的终结宣判。

直到那一天，一切还在正常运作轨道上打拼的团队成员，我仿佛看到他们脑海中顿时呈现空白。有人哭了，有人沉默，没人问起自己的权益该如何被维护，没人开口探询资遣赔偿究竟会有多少。反之，大家不约而同关心的是：手头上正在进行中的案子该怎么办？

最让我难过的就是跟我共事的这群人，以及我们努力多时、完成在即的作品戛然终止、从此封尘。

这么有向心力、有职业道德的团队，却得到这般对待，我在心中懊丧地说：“伙伴们，对不起，是我领导无方。”

尽管如此，我一直坚信，发生任何事情都有它的道理，好与坏都在于人的心念。我怀着难过而坚强的心情，将长天结束当作一件好事来看待。更纯粹地讲，就只是发生了一件事，没有全然好与坏那么壁垒分明的绝对。

好了，失业事故播报完毕，现在让我们回到生日现场。

“你们这么操心妈妈的工作吗？你们……”我带着感动与隐隐的不敢相信问着眼前的两个女儿。

烛光中，夏绿蒂的眼里一直泛着泪光，她似乎遭受到了严重打击，一旁的妹妹夏荞安则面色凝重。

难道人生多艰，她们终于长大懂事了？

“不，不是，我们只想问，公司结束，你就不用上班了吗？你是总经理也会被裁员吗？我们家接下来是不是就没收入了？那么我们的零用金怎么办？”

我的感动之情就这样被自己的亲生女儿秒杀，已然暂时平静的内心也翻涌如大海。

回家之前一直为自己的豁达通透而感动，心想，没什么，大不了就是人生重新来过，说不定又是一片天地，哈哈，我丁雯静真是想得开做得到的奇女子。

然而回到家里，两个小东西兜头一盆冷水，我竟然被瞬时冻结，一时不能动弹半分。

我也是刚刚被失业，哪知道怎么办？

毕竟已经四十好几，台湾的历史纪录片市场冷门而小众，叫座不叫卖，要转行吗？还是艰难地坚持理想，继续往前行走下去？

我暂时没有答案，也暂时不愿意去考虑这个答案。

我是来求安慰求拥抱的好不好？

作为一个大人如我，也尽量平静祥和，并扮上笑脸给大小姐过生日。

虽然不得不酷一点儿宣布了失业信息，可是，我还是渴求一份理解、一份温暖，和身处逆境时家人的拥抱啊！

没料到，一个简单而扎实温暖的拥抱，于我而言竟是那么奢侈。

大小姐和二小姐冷冷地看着我，仿佛失业的我罪不可赦，嘴里虽然没再说什么，那眼神讯息却透露了一切：没有赚取足够的钱，就是父母的错。因为这件事撼动了她们原本安逸舒适的生活。

挣钱养育子女，我们本来就责无旁贷。只是，孩子的叛逆与冷漠让我怅然若失，陌生得叫人不寒而栗。

刹那间，坚强如我，也不自觉原地踉跄了一下。

原来我的人生如此失败，孩子在乎的仅仅是我的口袋，她们那么真实，甚至连句假惺惺的安慰都没有，更别谈什么拥抱了。

无可救药的乐观主义者，白天在公司足够理性冷静地处理职场生涯前所未有的疾风暴雨的职业女性，化身此刻在家的我……彻底崩溃了。

我会永远地记住那一夜。

在职场，我失去了舞台；在家庭，我失去了孩子的爱。

夜深了，孩子都已睡着。

长夜漫漫，我在脸书写下心情："绿蒂对不起，妈妈竟然送给你这样的生日礼物。"

看到这些文字，绝大部分朋友都是一头雾水，几乎没人知道我的最新境况。其实无关紧要，又有谁真的在乎谁发生了什么事？日子是要自己过的，终究得要自己去面对。我必须要让自己彻底地安静沉淀下来。

我坐在书房的沙发上，试着梳理自己的状态。

就算老板今天公布了关门的消息，但今天和昨天和明天有何不同？长天的存在和不存在，每天还不是照样日月经天，江河行地？无数个周而复始的24小时，地球在宇宙间持续运行它的公转和自转，不同的从来是人们的心境，是我们看待与评判世界的眼光。

后来，长天面临结束的事已然传开，旁人觉得我们全员集体失业，无不天愁地惨的，寄予无限同情和慰问。

“丁妈，很抱歉听到这样的消息，你还好吗？”

“我很好，谢谢关心。”

之所以不想说“我不好”，并不是我故作逞强，而是我认为，事情的本质没有绝对的好坏，只是在于我能看到事情的哪一个层面而已。我不想耽溺于情绪的泥沼，囿困在情绪之中，它会让我们蒙蔽心与眼，看不到讯息带来的意义。

今晚孩子的反应，是我失业最好的反馈。

夏绿蒂的眼泪仿佛洗涤了我的心，澄清了我的心痛。

我感觉到家垮了、崩解了。家在，人在，该有的温暖却没有了。

如果我继续沉迷于追求经济收入，找个新工作，让孩子有经济的靠山，这样家庭的一切将陷入无限的空洞轮回，用钱收买孩子的老戏码就会一再重复上演。

“你当时就只是一个给我们钱买漂亮衣服的妈妈。”

她们姐妹后来这么跟我说。

当下，我心中响起了一个答案：“回家。回归家庭，重新牵起孩子的手。

当家庭有爱，就能胜过一切！”

该如何重新牵起孩子的手呢?

想很容易，但做起来并不简单。

孩子本来就是父母的功课。全新的亲子关系命题，未知的事业前景考验，面对这张考卷，我也许隐约已有想法和方向，一时之间却无从下笔，只有满满的空白处。

这一纸空白，后来填满了这本书的故事。

绿蒂画给我的生日卡片，我本来很开心，但隔天长天宣布结束营业。

- Chapter 3 -

# 她让女王大人都想逃

自从长天关门大吉，不干总经理之后，我生活最大的改变是：原本手机里满满的行程，突然被大片空白取代。

照理说，我除却公事一身轻，理应陪伴孩子的时间也跟着变多，但其实我在家对孩子们的意义并不大。

两位小姐都埋首于手机和平板电脑的世界里，对我的存在视若无睹。

面对这种情况，一开始我也是温柔懂事隐忍大方过的，只是，有什么温柔懂事隐忍大方经得起一而再，再而三的冷漠和摧残?

“我要关掉网络了！”

从温柔到提高声音再到愤怒的嘶吼再到崩溃的咆哮，同一句台词我要用逐渐加大音量的方式复诵二十遍以上。

造成的效果却远远不及我想要达到的万分之一，二位小姐大多时候恍若不闻直到声音实在大到干扰了她们，则撇嘴皱眉、满脸不耐烦最后以顶撞了事。

面对两个叛逆的孩子，有关她们妈回归家庭这件事，我所得到的反馈，是“不堪”两个字。

我对她们的生活而言，是一台说教碎念的放送机。

职场上你纠正指导员工，他们还得看在为五斗米折腰的分上，一脸恭敬地尊敬你顺从你，就算是装模作样的也好。

在家里，这两个小女魔头吃你的、喝你的、住你的、用你的，你说的话，她们一句也听不进去，甚至还顶撞你。

才在家待一个月，我就受够了这种每天被孩子撕裂尊严的日子。

我变得忧虑、焦躁，甚至自信心荡然无存。

曾经自认为是女王的我，如今竟变成一个唠叨啰唆的欧巴桑[①]！

某个假日，先生和孩子们仍在睡梦中，我一早醒来，看着镜中的自己。

天啊！我竟然长出一根根的白发。

尽管年岁增长，历经二十多年的职场生涯风浪，我引以为傲一直维持着的满头黑发，竟然在回归家庭一个月后破功。

白发像野草般，旺盛地从头皮激生出来，说不出的刺眼。

---

①欧巴桑：日文音译，大婶、阿姨的意思，贬义，有讨人厌、啰唆的意思。

我仔细地端详，看见镜中人被一身宽松休闲服笼罩，发懒不想保养的皮肤失去弹性、眉毛杂草丛生、双眼黯淡无神，过去那个总是精、气、神完备状态的我，好像彻底从体内蒸发不见了。

以前听闻有全职家庭主妇得了抑郁症，觉得颇不可思议：不就是做家庭主妇吗？没有工作压力，没有职场争斗，不过是应付天天见面的老公孩子，有啥好值得抑郁的？

此刻，我终于明白原来待在家中并非易事——哪怕仅仅是待着都不容易。我误会也看轻了家庭主妇，以及以前在家带小孩的奶爸老公。

持家管事，看似简单，其实蕴含艰涩道理。

如果我们每天只能局限于一百多平方米大的空间里，每天被孩子漠视、顶撞，甚至打击，每天重复挫败却无力解决，这种状态真的会让人受内伤。

突然惊觉，自己原来连当个家庭主妇，安分地待在家里的能力都没有！

我灰败地承认无能整天跟两个小女魔头“决斗”，于是开始萌生逃离家庭的念头。

有一天，好友赛门请我吃饭。赛门是我的事业导师，他是策略专家，也是非常优秀的企业投资人才，我十分信任他。

席间，我开口请求：“赛门，我想要找工作。比方说有理念的基金会，薪资不用太多——不必耗费太多心力做社会公益之余，还能够兼做历史纪录片。你人脉广泛，可以帮我引荐吗？我无法待在家里，我胜任不了全职母亲的角色。我要重返职场！”

赛门先是露出吃惊表情，随之用极其冷酷的语气对我说：“雯静，你醒醒吧！有两个现实你必须面对。一是你的职务位阶，你干过总经理；二是你已经将近五十岁。这两项都是就业市场最不利的因素。如果你真心想回到职场，就得放下身段，没有设限，有活就干啊！回电视台当记者，跑新闻，做节目，有什么就做什么才对！基金会的酬劳很少，根本养活不了全家，还妄想继续做历史纪录片，谁给你钱？你完全没有条件可以独立制片，除非你有天上掉下来的金主。”

赛门刀刀见血的分析，俨如最后一根稻草压垮了我。

霎时，我只剩下崩溃。

“我依旧想要怀抱着使命感活下去。如果只是想混口饭吃，当初就不会放弃资深财经记者不干，转向耕耘历史纪录片。坚持了十来年，就是为了历史志业，不是吗？”心底有一股声音，自幽谷响起回荡，进而产生巨大回音震动，“我不可以就这样认输！”

当初结束长天，离开旺旺中时媒体集团之时，我豪气地激励伙伴们：“抬头挺胸地走出去，路一定会愈来愈宽广。”

而今，怎么在家里才待了一个月，就像个打了败仗的逃兵，甚至想放弃历史纪录片，仓皇失措欲从家庭逃回职场。

“我是不是太心急了？”

“又或者那两个小女魔头太可恶了？”

我自问，然后自答：“显然是的。”

既然问题已经找到了，该怎么解决，就得一件一件、按部就班地来。

亲子关系和家庭才是至为重要的。

这是结束长天学到最珍贵的功课，我怎么才个把月就给忘了？

至于历史纪录片工作，我岂能放弃？

只要有信念，相信一定会觅得出路，我不是一直这样跟伙伴们说的吗？

离开餐厅跟赛门道别，我独自走在忠孝东路上，突然觉得好惭愧，我居然是那么一个经不起磨难和考验的人。

还女王呢！真正的女王，敢于直面惨淡的事业和家庭。

我的心态一定得改变！

首先……我开始打扮自己。

哈哈，别笑，这很重要。

你去面试一份新工作，除了带着满腹经纶，以及爆棚的信心，是不是也要注意一下仪表和品位，好给面试官一个深刻良好的印象？

那么，现在“家”是我的新职场，我必须认识到：孩子不是恶魔，是我的小客户，我要争取她们的认同。

不是用金钱，而是用方法，改变自己的形象只是第一步。

我是家庭新鲜人，若想要扭转家庭空间的氛围，我得第一个做出改变。

每天早上起床，我像上班一样，先打理整顿一番，让自己看起来朝气勃勃，然后为家人准备早餐。

接着，我会准备好一壶柚子茶，让两位小姐带到学校去。我开心地送她们出门，并分别给她们一个大大的拥抱。

这是个微小的转变，但却是很有用的改变。

一星期之后，绿蒂和荞安跟我说话的那股杀气，依旧存在，但已经明显下降。看样子，两位小客户对我的满意度逐渐提升。

这点儿小小的正面反馈，竟让我感慨万分。

记得老二荞安在小三时，曾经以“家人在家做什么”为题作画。

那张画的内容是：爸爸在厨房煮饭、姐姐在书房画画、她本人在客厅玩猫，而妈妈则在……卧房里睡觉。

小孩是诚实的，荞安的描绘着实精准。

那时候的我，经常在公司加班或剪片到深夜，回家后就倒头大睡。

孩子的眼睛是雪亮的，她们感受到，原本只会睡觉的妈妈，这回展现极大反差，吃了秤砣铁了心般投入经营这个家。

迈出成功的第一步后，我又有了新点子，那就是：彻底扭转家中气氛，建立新的家庭规则。

“嘿，小姐们，你们除了抱着手机之外，要不要抱抱别的东西？譬如你妈，或是书啊？”我用幽默的方式取代碎碎念炮弹。

此时，孩子也不再顶撞我，只是抬起头来，默默地看我一眼说：“妈，你什么时候开始当谐星了？”

“什么谐星？你妈是女王，搞清楚！再过半小时，我就要关网络了喔！”

事先预告，让孩子有心理准备，终于让我和孩子的互动有所转变。

只是我不可能 24 小时都紧盯她们，我势必要再想出一个妙招。

我得订出一个生活公约，一个使用网络的合理时间，而“利诱”是主要的核心精神。

“孩子们，今天我们来玩上网时数会变多的游戏如何？”

这个开场白很迷人吧？

夏荞安的画《家人在家做什么》，我这“睡妈妈”形象深入女儿心中。

“怎么玩儿？”绿蒂和荞安都有点儿好奇。

从她们掩饰不住开心的神情透露出这样的讯息：她们上钩了！哈哈！

我宣布游戏规则。

“方法很简单，只要每天晚上9点前将功课做完，就可赚到1个小时的上网时间。平日都遵守规定，周六周日每天都可以拥有3小时畅游网络额度。如此，每个星期共有11个小时上网，足够你们看韩剧，以及跟朋友聊天。”

网络唾手可得的年代，父母想要禁止孩子上网，已经愈来愈难。我有位朋友为了改掉孩子上网打游戏的习惯，将家里的网络给拆了，结果孩子成天流连网吧不回家。

孩子还小的时候，老公夏乐祥当全职奶爸时期，我们把电视机送走。

我们一家人专心吃饭，在客厅聊天，听古典音乐，观赏电影。

晚餐时间是我们家重要且美好的时光，一顿饭，我们可以吃上一个半小时左右，养成亲子对话的亲密习惯，这为我们奠定了相对良好的生活与沟通习惯、质量。

那时候，夏绿蒂写了一张小朋友到我们家的规定。

第一条，我们家没电视。

第二条，我们家没冷气。

第三条，我们家玩具多。

第四条，玩具要归原处。

最后，如果无法遵守，敬请回家。

没电视和网络的日子，绿蒂和荞安过了很长时间有规律的生活。

夏奶爸每天带她们去公园运动，培养阅读习惯，吸收各种艺术表演、才艺技能养分。绿蒂六岁上小学前，我们全家到新疆自助旅行。长途跋涉的飞机、火车等候与行驶过程，她们并不会感到无聊，不是画画，就是看书。

这一切到夏绿蒂上小五时就完全破功。

那年爸爸重返职场，妈妈忙于创业，家里剩下夏家姐妹，以及“万恶”的网络。我们完全忽视网络对于千禧时代的小孩而言，根本没有任何学习难度。当家的两个小鬼，成了网络重度使用者。

当时台湾偶像剧正火，夏绿蒂在两年内，一口气补足将近十年以来的所有偶像剧，也补齐从小到大，完全没有的电视娱乐瘾头。以往无所不在的阅读习惯，很快也被智能手机取而代之。

我很清楚，不可能全面禁止孩子使用网络，尤其我们的关系还处于重新起步阶段，绝对不能下猛药。更何况，即使斩得断家中网络，却犹如螳臂当车般，挡不住整个网络时代的大浪潮。

与其逃避不如正面迎击，我们能够教导孩子的是明辨网上各种的诱惑和危险。同时，让她们学习控制时间，以及养成良好的使用习惯。

初期落实有限度的上网时间，妹妹荞安十分遵守规则，每天有效率地做完功课，并赚取自己的上网额度。渐渐地，荞安的生活顺利上了轨道。

至于姐姐夏绿蒂，则相对不受控制。由于上网时间锐减，这位小姐竟然在下课后，跑去 7-11 便利商店使用免费网络，直到吃晚餐时才拖着蹒跚脚步回家。

再过一年她就得参加高中升学会考，班上所有同学都进入了备战状态，只有她还过着极为懒散的生活，一副升学跟她毫无关系的样子。

不过，很快她就尝到了恶果。

她又失恋了，只是过去都是她提分手在先，这一次却是被别人甩的！

夏绿蒂男朋友提出分手的理由十分简洁有力，具体如下：

“夏绿蒂你一直看韩剧不念书，根本不在意升学，我不想跟这么颓废的人在一起。”

- *Chapter 4* -

# 故事是从拒绝开始的

说起来，夏大小姐的分手业绩一向不俗，但是这一次与往日不同。

分手这个事儿，对于谁刺激最大?

自然是那个被分手的人。

夏绿蒂过去虽然多次分手，但每次分手都是她提出在先，潇洒离去的她不会懂得什么叫失恋的痛苦，自居为女神的她更是觉得一切理所当然。

万没想到，她自己也会遭遇人生第一次被甩的失恋之痛!

更没想到的是，被失恋的理由还是如此让她痛彻心扉——她，女神夏绿蒂，竟然第一次被人嫌弃了!

看韩剧、不念书、太颓废，三条罪状，准确无误地击中了女神心中最柔软的地方，让她忍了一路的眼泪，一进家门就狂飙出来。

或许是觉得飙泪还不足以配合内心的情绪，三秒钟后，她又给配上号啕大哭的背景音乐。

而女神之母（也就是我），就在女神的飙泪与号哭的交响乐中安静地为一家人准备着晚饭。

一边做饭，一边忍不住感叹：虽然我和夏绿蒂一度势同水火，似乎来自两个不同的星球，但从今天这一通痛哭看来，她确确实实是我亲生的女儿呀——精力充沛，爆发力十足，耐力也是一等一的，听听这元气满满的号哭，都 40 分钟了，还没有半点儿走音……

将所有饭菜摆盘上桌，并和已经回家的夏爸、荞妹各就各位，三人同时转过脸去，叹了口气，而女神的涕泪交响乐依然响彻屋宇。

我的大小姐夏绿蒂，也开始拥有让她伤心的男生了。

夏绿蒂从小学开始就有喜欢的男生。

我和夏爸的态度是恭喜她，因为在我们看来，有喜欢的人是一件很幸福的事。

恋爱本来就不是什么见不得人的事，我们家的孩子喜欢谁，总是乐于分享，全家聊谈。

爱情课题在我们家是开放、透明的。

夏绿蒂在小学过程中，一直有所谓的“小男朋友”。不料到了最后两年，也就是小五、小六却突然异常“冷门”，一个男朋友都没有。这个窘境让她发誓上了初中后，一定得正式交个男友，弥补小学时代的两年“空窗期”。

对于做个顶天立地的大人物，这位夏小姐没有太大决心和斗志，上了初中寻找男友这事她倒是相当积极。

从初中开始，绿蒂拥有了脸书这玩意儿，而且她几乎从不过滤筛选，只要有人对她发出“好友邀请”，她皆全盘接受。

就在那个时候，有位景美初中九年级的中辍生向夏绿蒂告白。夏大小姐连考虑半晌都没有，一口气利索答应。

理由很简单，她憋闷太久，一直期待新恋情出现。

“雯静，你知道夏绿蒂交了男朋友吗？对方是跳‘电音三太子’的中辍生。那天我们在景美夜市看到，她和男朋友在逛夜市，你要赶紧制止啊！”朋友在电话那头气急忧心地告诉我。

“我知道，他们交往了一星期，但现在已经分手。其实，夏小姐在那之后……已经又换了两任男朋友。”

“啊？什么，这么快！”

“她的恋爱交往期都很短，平均寿命不到两个星期。”

“……你这妈是怎么当的，居然一点儿都不紧张啊？”

对于我的回答，朋友的关注点转移到我身上，满满都是责难。

我苦笑，顺着朋友的思路问一句，我这个妈是怎么当的？

坦白说，作为母亲看见孩子这样的交友（恋爱）状态，我其实忧心如焚。

七年级时，饥渴的夏大小姐，换男友跟换衣服一样轻巧。

她努力让自己混进所谓“标新立异”“前卫酷炫”的交友圈，连打五个耳洞、头发染成深红色，把校服裤子改得超级紧身。

这一切都是事后告知，完全没有商量的余地。

每个星期的假日，她都和不同的朋友约去逛街玩乐，四处打卡拍照上传脸书。

那些朋友良莠不齐，但大小姐一视同仁。

我心里当然清楚“近朱者赤，近墨者黑”的道理。但只要我和夏爸在言语中些微透露出评断她朋友的口气，大小姐的反应就像吃了炸药一样，旋即将我们轰炸得远远的。

该怎么办呢?

我的第一个念头是孩子变坏了！但孩子真的彻底坏掉了吗?

我一直问自己：是青春荷尔蒙作祟吗？我们从小用心栽培的孩子，一个有教养、素养、修养的孩子，而今怎么会变得如此不可理喻?

就像青春期的孩子一样，做母亲的我，也在混乱里探索着出路。

说到底，我就是不信，我的孩子会真的坏掉。

好似总有一个声音在我耳边萦绕，或清晰，或隐约——

“相信自己的孩子，相信她正在寻找一种连自己也搞不清楚的价值。荒腔走板的行径只是表象，冲撞探索才是真相。不要急切全盘否定她，作为母亲唯一能做的就是陪伴。”

只是该如何“陪伴”呢？

从表面看来，夏绿蒂似乎并不需要我的陪伴。

在网络的社群交友时代，绿蒂迅速且泛滥地拓展自己的朋友圈。

我和夏爸平时忙于工作，到了假日，好不容易组织起家族活动，夏绿蒂也完全不乐意参加。

夏小姐的私人行程总是排得满满的，我们还得和她提前预约，通常总要排入好几个星期以后的空档（我这总经理的行程也没她如此嚣张）。

好在夏绿蒂从未向我隐瞒有关恋爱的情况。

即使她再叛逆暴走，和我们聊起男朋友的情况，总是和盘托出。

七年级下学期，她又结束了一段短暂恋情，这已经是她的第五任男友。方才在脸书上刚刚设定为“单身状态”，立刻有人来跟她告白。

那天我提早回家，见她第一次有些犹豫不决，我认为介入时机已到。

我端着柚子茶走过去，装作不经意地说：“夏绿蒂你男朋友交来交去，都是同一群人，知道为什么吗？因为他们都觉得你超级无敌好追的。你再继续不假思索地接受告白，就会陷入两种状态：一是常态性不断换男友，你很

难学习到和异性相处的能耐；二是你在别人的眼里，就是个极为廉价而随便的人，很难遇到真心对待你的人。”

看她一脸懵懂还在消化吸收的样子，我决定用一句话击中这个小女魔头：“想不想变成真正的女神？妈可以帮你。”

果然“女神”这个关键词正中下怀，刚才还一脸呆滞状的夏绿蒂，竟然对我发生了莫大的兴趣：“老妈，我该怎么做呢？”

我告诉她：“很简单，如果有人跟你告白，你先想想，这人是不是你喜欢的。如果你一点儿兴趣都没有，先学习委婉地拒绝。只要你懂得拒绝，别人就会重新评估你，就不会有一群莫名其妙的人来追你。这段时间，请你降低往外跑的频次，制造‘夏绿蒂不好追、不好约’的新形象。”

夏绿蒂从我手中接过柚子茶，一饮而尽：“好！”

为了“女神”的神圣目标，夏绿蒂乐于配合。

我也意识到，重新建立绿蒂交友圈的时机已到。

如我所料，没过多久，追夏绿蒂的那群人开始吃闭门羹。

更好笑的是，拒绝第一个后，马上又有人来告白。拒绝第二个后，大伙还是不敢相信。当第三个被干掉后，“夏绿蒂其实很难追”的消息不胫而走。

而当绿蒂开始婉拒蜂拥而至的追求者后，她立刻发现，不仅追求自己的人成几何倍数增多，而且自己的地位和风评也明显有所提升。

妈妈的方法果然奏效！

“老妈，接下来我该怎么做呢？”绿蒂开始咨询我的意见。

“听从你自己内心的声音啊！要遇到真正有感觉的人，而人家对你也有好感，你再做决定。千万不要为了要‘有个男朋友’而交男朋友。”

有些事情我也并没有预料到，比如，当我开始相信孩子的判断力时，夏绿蒂对于交朋友这件事情，竟开始谨慎起来。

她不再胡乱交友，一个个认真检视告白的人，并有了新的体悟——其实要找一个可以好好交往的人还真不容易。

有一天我问绿蒂，她喜欢什么类型的男生，她回答：“条件一，一定要双眼皮；条件二，一定要花美男。”

我听了在一旁大笑说：“恭喜你，夏绿蒂，你未来的男朋友极有可能是单眼皮男生。”

夏大小姐的白眼翻到外太空去。

“怎么可能！”她对我的判断感到极度不屑。

呵呵。

不久之后，老妈卓越的洞察力、预见力，就让她好好地体会了一下。

青春偶像剧里同班同学的男女主角从彼此互看不顺眼的冤家，最后变成倾心对方的恋爱老哏，竟然活生生地发生在她身上。

不一样的是，电影中的女主角优秀上进，男主角玩世不恭；现实生活中的版本却是乾坤大挪移——男生很优秀，夏绿蒂却是浑浑噩噩。

我这样说自己的女儿，是不是不太好?

问题是，事实真的是如此啊!

绿蒂升八年级时，原先的生活圈起了变化，跟她一起四处闯荡游玩的好友转学了，她开始和班上其他同学往来。她天生犀利灵巧和夸张搞笑的说话模式，很快跟大家打成一片。

然而，就有那么一位男同学，她怎么看他都不顺眼，至于这位男生，也非常默契地对她相当不屑。

这位男生叫张豪太。

七年级刚入学时，这两位坐在同一列的前后座。

绿蒂觉得，前面这位黝黑如木炭的小屁孩不知到底有什么可骄傲的；豪太则以为，后座的那位同学简直就是个无可救药的太妹。

整整一年，前后座的两人没讲过半句话。

真正的形同陌路。

八年级开学不久，两人不知道什么原因起了口角，夏绿蒂当时就把豪太的书桌给掀了。

随后绿蒂去上洗手间，等她回到教室，发现自己的书桌也被豪太翻弄倒地，好几位同学正在帮她收拾桌椅。

这是他俩成为同学以来对话最多的一天，但全都是在“互戗”开骂。

也不知道豪太是怎么想的，总之这一天之后，他竟对这位刚烈泼辣的夏绿蒂莫名产生了好感，并积极对她展开追求。

夏绿蒂的回应是：“等你变成双眼皮，再来追我吧！”

豪太是单眼皮男生，且没有整容打算，但他并没有放弃对夏绿蒂的追求。

大概有三个月，豪太锲而不舍，连续不断地告白，而夏绿蒂则拒绝拒绝拒绝，直到……两人和一群同学相约到台北 101 大楼参加跨年晚会那一夜，在夜空绽放着绚烂烟花的那一刻，夏绿蒂终于接受了豪太的情意。

后来，我对她进行了“专访”：“夏小姐，请问你当时在想些什么？”

“我内心是崩溃的……”夏小姐瘫在沙发上，看着天花板，眼神十分游离，过了一会儿，她突然翻身坐起，“天哪，老妈，又被你说中了，我的男朋友是单眼皮！”

“哈哈哈哈。”我忍不住丢掉手中担当话筒的水杯，结束了“采访”。

夏绿蒂慵懒的眼神里，露出了不解。

她可能不知道我在笑什么，其实我是很开心夏绿蒂能够违反自己所设下的条件。终究，恋爱应当建立在真心喜欢的基础前提上，对外貌设限的幻想，其实是一件极为无聊的事。

外表很重要吗？“帅”可以当饭吃吗？——当然，并不是不可以，可是外表毕竟是比较浅层的东西，当时间流逝，外表的魔力就会越来越淡化。这个时候，品质、性格、能力、兴趣以及两个人的契合度，这些原本比较隐在的东西，就会凸显其重要性。

现在，夏绿蒂能在议论外表、看重外表、迷恋外表的青春年岁，有了这般突破狭隘价值判断的思维，我打从心底感到欣慰。

当然，妈妈也有妈妈的如意小算盘，哈哈，不思进取的夏大小姐，终于交到了一位上进的男朋友，这一次应该会“见贤思齐焉”吧？

至于失恋的事情，当时的我们都没想太多。

WELCOME TO MY HOUSE!

9月的某一天，記得是星期五。(8上)

我們因為幾句話的不合，一下課，我立刻轉身翻你的桌，你也翻我的⇒互翻，回家我們開始用FB聊天，我們，從8年級一開始，有非常多的爭執，ex：要不要開冷氣……。

以前7年級的時候，我，覺得你(♥♥♥) just a "屁孩"，一群狗的主人，很幼稚，單眼皮，大醜男，哈哈哈，以前，我連看都懶的看你一眼，你大概也是這樣看我的吧:D

上了8年級，我，因為★★★的轉學，容入了"813"大家也更一條心了XDD

後來因為換了2、3次的座位，你總是在我的9公格內，所以，我們開始……聊天(?

到了10月多，你開始不要臉了，都會要我說什麼"愛你"……之類的話，我總是故意唱反調，說"恨你"

每天的每天，都聊好久，一直一直聊……直到……成為一種習慣，一種依賴。

我一直覺得，我不可能會跟你在一起，原因：

1、不娘

2、單眼皮

3、屁．孩

直到……一切的一切不可能的原因，化為可能。

By 夏綠

2014.1.23.

夏绿蒂的恋爱笔记，她和张豪太“不打不相识”。

- Chapter 5 -

# 谈一场女神与男仆的恋爱

我终究太天真，对于夏大小姐的惯性还是认识不足。

虽然交上了一个课业成绩全学年排名 Top5、数学资优、英语资优的男朋友，夏绿蒂依旧故我。

事实证明，想要借由男朋友的力量来改造她，这根本是个异想天开的想法，她是真的不爱念书。

形成鲜明对比的是，夏绿蒂对勤奋念书不屑一顾，却对钻研恋爱充满了热情。她满心立志要做的，就是当一名“女神”。

尽管我并不反对念初中就谈恋爱，但内心里又祈求她千万别跟同班同学在一起。然而，事与愿违。她不仅跟班上的张豪太谈起恋爱，还非常高调。因为她太想当“女神”——“女神就应该张扬！”她说。

班对恋情容易引起关注，吵架时同学看热闹，万一分手还可能造成双方支持者对立，乃至分裂。我只求夏绿蒂发挥“公德心”，倘若“小两口儿”吵架闹翻，至少顾及班上公共空间安宁，然而又一次事与愿违了（后文会有详细说明）。

让我万万想不到的是，夏绿蒂会如此沉溺于“女神”角色，以至于我都有些后悔用“女神”来启发她的“不良动机”了。

夏大小姐甚至无理要求男友成为她的专属“男仆”。所谓的“男仆”，就是无怨无悔地服侍“女神”，不论女神做什么，男仆不得有异议。

夏绿蒂将这项条件，确立为两人交往的重要原则。

我真是百思不得其解，夏绿蒂是如何让男友接受这种“丧权辱国”的交往条款的？

每天早上 7 点，豪太都会准时打电话给夏大小姐请安，并负责唤醒夏女神（重点是她经常接了电话后继续赖床，让豪太超级没有成就感）。

当绿蒂姗姗来迟抵达教室后，他得赶紧放下温习到一半的书本前去迎接，帮忙提书包，拿便当，忙前忙后，仿佛真的是女皇驾到了。

原本在班上极受女同学欢迎的豪太，在下课时间，只能专门服侍夏女神一人。他若稍有闪失，一时和女同学聊得太开心，必定会吃上苦头。夏女神会整天不跟他讲话，彻彻底底的是个虐心磨人精。

有一天豪太来我们家温习功课，恰好夏绿蒂接到一通电话。电话是邻班狂热追求她的男生打来的，夏女神和对方聊得花枝乱颤，根本把豪太当空气。我一眼瞥见豪太难受的眼神，心里不由疼惜这孩子，他真的受苦了！

挂了电话，夏绿蒂一副理所当然的样子，完全没有想要向豪太解释什么。

我心想："夏小姐你真的太过分了！早晚肯定吃上苦头。"

豪太回家后，我质问绿蒂，她的回答是："只是接个电话而已，对方在学校是个风云人物，我不想得罪他，就敷衍应付一下。"

她接着说："更何况，是谁规定，有了男朋友就不能有其他异性朋友？"

我无法判断，夏绿蒂究竟是否只是在敷衍对方而已。我只能告诉她，异性的交往过程中，倘若明显感受到对方有意追求，而你没有意思，应该适时阐明自己的立场，免得造成对方误解，从而减少彼此的伤害。

否则，对方会觉得，其实你是愿意给予追求机会的。

看大小姐的表情，似乎在思考什么，但我完全不能确定。

自从和豪太恋爱之后，每天下课回来，夏绿蒂总会抓着我滔滔不绝，主要内容则是说她的男仆哪里又惹到她大小姐不开心之类的，听起来受委屈的她，但事实上，我三不五时听到，豪太又被绿蒂整哭了。

通常我只是专心聆听，鲜少给予忠告或批评。顶多是在她有困扰时，我会反问她："你想改变什么？这是最好的决定吗？还有没有更周全的办法？"试着带领她走到反思自身的路上。

经过一段时间之后，我已经不再妄想，夏绿蒂的成绩会因为交了勤奋好学的男朋友有所改善。相反，我倒是开始担忧，万一豪太学业成绩退步了，岂不是会对不起他父母?

好在交往后首次期末考成绩揭晓，尽管经常被夏小姐精神折腾，豪太依然将成绩保持在前三名，绿蒂的成绩则稍微长进百分之五。

看来，两个孩子谈恋爱并没有拖垮学业，让我稍稍松了一口气。

其实我明了，成绩并非评估孩子的唯一标准。生命的价值，不在于营造漂亮的成绩单，而是探索潜能、自我创造以及开发可能性。

诚实而言，我厌弃成绩至上的刻板教育。这意味着，孩子从小被灌输将别人踩在脚下、挤破头争夺第一名的思想。关怀社会、为弱势发声的素养，则备受忽略。

我们大人穷尽手段要他们以成绩作为唯一存活指标，便会养成孩子自私自利的价值观。等到他们长大后，成为社会的精英，成为掌控资源的人，他想到的、盘算的尽是自己的好处。人性该有的光辉、道德、准绳，就会很容易被收买、扭曲甚至瓦解。

这样讲似乎有些夸大了，但我后来经营公司的用人原则，却实践了我的想法，即舍弃名校迷思、重视个人特质。

尽管秉持这样的理念，但对于自家女儿，我内心深处还是有一个微小的心愿，那就是她至少能将成绩拉到平均水平线之上。看夏绿蒂的课业始终徘徊在水平线之下，本人毫无上进意识，我不免替她的未来感到焦心。

夏绿蒂本人对于我的焦心不仅不领情，反而发动了咄咄逼人的攻势。

“老妈，交了爱念书的男朋友，就会变得爱念书，这是虚伪的逻辑！我如果交了黑道男友，是不是也要去混黑道啊？”

“妈，请你搞清楚，我不是不爱念书，我热爱阅读，我只是不那么爱教科书。你理解其中的区别吗？”

“请问我不懂三角函数，不懂重力加速度的计算公式，不懂化学方程式如何氧化与还原，对我理解世界，体会人生，会产生什么样的影响？将来进入社会用得到吗？有些科目只要懂得基础就行，有兴趣的再深入学习不可以吗？死背硬记那些符号、公式、方程式，考完试就忘得一干二净，这样做到底有什么意义？”

天啊！我被彻底问倒，简直无语！

你的孩子曾经这样跟你说过吗？你是如何回答的呢？

也许很多父母跟我一样。第一反应是：这熊孩子就会找借口，净是一套似是而非的论调。

我打起精神主持正义：“如果你无法尽力学习教科书上的知识，就代表你无法在其他事情上努力。读书的苦头吃不了，将来进入社会如何吃苦，如何成事，如何立足？尽管书读得好不好，跟未来人生不一定成正比。但没有竭力尝试就逃脱偷懒的行为，我无法接受。”

夏绿蒂用敷衍的眼神回应我的长篇大论。

通常我失去耐性时，就会出现这种赌气式的结论：“念书是你自己的事，没有人可以盯你，书读得进去多少，只有自己知道。”

她立即回嘴：“既然读书是我自己的事，为何你要喋喋不休呢？”

瞧，我又被将了一军！

我一直说服不了顽强的夏绿蒂。

她认为，妈妈是心口不一的“违心论者”：表面上，尊重她自主学习；归根结底，就是要她当个典型的乖巧好学生。

我逐渐意识到，绿蒂属于脑袋思想超级不受控制的孩子。

对于这样的孩子，我到底该怎么跟她沟通对话？

于是，我试图回头寻访自己的成长经验。

试问自己：在绿蒂这个年纪，我在做什么？在乎的是什么？我是乖孩子、好学生吗？尽管时代不同，所处社会环境不一样，或许我可以从自身的反省中，找到一些线索和答案。

然后我赫然发现，孩子真的是我们检视自身的一面魔镜！

那是 1976 年，我当时就读台湾云林最好的天主教学校——正心中学。

校长由神父担任，老师都是修女。学校每个月举行一次弥撒，有点儿像西方电影里的教会学校，校风朴实而严格。

要进入这所私立中学，小学毕业成绩势必要在班上前三名，才符合参加入学资格考试的条件，最后再千筛万选，才有了全云林这五百多名学生。

班上一半同学是住校生，我也是其中之一。在宿舍生活，我养成了学习独立、规律、自律，甚至规划自我的良好习惯。我是班长、住宿生代表，班上成绩总是保持在前五名。课业空档，我热衷于参加各种社团，包括书法、文艺、田径、柔道、跳绳等。我也经常代表学校对外参加各种比赛，我还是合唱团的指挥官、武术比赛的主打。

在那个以课业成绩判定学生好坏的年代，我堪称“文武双全”的优秀生。

即使如此，我的求学生涯并非一帆风顺。

初二① 那年夏天，我返回乡下过暑假，看到许多乡下的初中生终日无所事事，经常和别村的青少年打群架，无人能管束。

他们多是“放牛班”学生。“放牛班”也就是所有不爱念书孩子的“集中营”，集中管理方便流放，他们几乎等同被教育制度无视的一群人，只能依靠嬉闹和打架的形式被看见。

那年夏天，我产生了许多从未有过的思考。

---

① 初二：也就是初中二年级。到夏绿蒂的时代，学制名称改变，曾经的初中一年级、二年级、三年级称之为七年级、八年级以及九年级，高中部则为高一、高二、高三。

为何这些孩子年纪同我相仿，命运却如此不同？只见他们眼神空洞、茫然无措，对未来没有想法，究竟是教育体制抛弃了他们，还是他们选择了自我放弃？

难道他们除了念书，就没别的天分和潜能吗？为何他们要被歧视，教育资源为什么不能分配到他们身上？成长只有一次，无法重来。他们的人生是不是被毁了，谁该为他们的人生负责？

我陷入困惑。

对于教育体制如此简化的分类形式，我感到愤懑不解。

从另一个角度反观自己，突然觉得自己从小便无意识地成为教育工厂打造的齿轮。

再优秀的齿轮，也只是没有思想灵魂的铸模。在体制的胃酸里，我正被逐渐无声息地消化个人意识。

学校被我的思考撕下面纱，顿时变成一只巨大怪兽，我好想拔腿逃走。

那是个充满疑惑的夏天。

那年，我和夏绿蒂谈恋爱的年纪一样：14 岁。

初三开学后，我的小脑袋承载不下这沉重的议题，每到傍晚就剧烈头痛，我感觉到自己生病了。我向学校请假，搭乘三小时的公交车到台中，去荣总医院做脑波测试，并请求医生开一张需要休学的证明。

我累了，我要休息。

休学的消息在家乡迅速传开。许多长辈显得吃惊，我父母倒是镇定。他们相信必定是我身体承受不起，才会提出如此重大的请求。

“信任”是我父母亲给我的最好的人格教养，它让我诚实面对自己，也勇于发现自己。

为人父母后，我常会设想，如果我爸妈是严苛的家长，当时强行要我继续待在学校，最终我会变成怎样的人?

我想，我大概会活成一个悲剧吧。真的不好说。

休学期间，有一回我到台北探访舅舅，见识到社会最底层混黑道的艰难日子，心灵重新被触动。

生长在台湾西部的云林，著名的黑道之乡，对于“黑道”的概念与一般孩子不同。真的，我小时候一直以为黑道就是一种职业。包括我在内，班上三分之一的同学，家里必有亲戚是靠混黑道过活的。

在台北住了没几天，我看见好几个舅舅，成天在刀光剑影底下过日子，每天打架挨刀受伤，惶惶不可终日。

面对这样的生活，他们天天饮酒作乐，但未来在哪里?天晓得。

他们没有学历，没有技能，日子混一天算一天地过。

这不是我要的生活!

从台北返回老家，我就跟爸妈说：“我要复学了！”

我意识到，要改造体制，必先进入其中，并使自己强大到足以有力量改变，从中寻找机会扭转社会。否则，一切纯属空谈。

如此想来，绿蒂和我，未尝不是同一类人。

她跟我生日只差一天，对教育体制天生反骨，浑然天成唱反调的叛逆，显然自有其来历。

我思前想后，若有所悟。

有一天晚上，夏绿蒂传讯息给我，说要在操场运动，10 点才会回家。

一踏入家门，她跟我说：“豪太说要跟我分手！我被甩了！”说着说着，夏大小姐号啕大哭。

为期不到两个月的“女神”，霎时被打入凡间。

“妈，我要好好念书了！”

夏绿蒂一把眼泪一把鼻涕对我说。

“什么？”我难以置信，惊呼，“你说什么？再说一次！”

with JUST DOG

WELCOME TO MY HOUSE! 

2014.9.03.

每天早上比鬧鐘還準時的叫醒我，7:10分。「親愛的，起床囉」一天之中總是第一个聽見你的聲音，怕我又躺回去，總是叫我站起來走一走，去冰鄉前面搖搖冰塊，讓他知道我起來，而我總是躺著跟他說我醒著。現在，沒有了他的电話，我卻會自己早点起床，想見到他，想讓他知道我的改變。但是現在0987××××86卻是我最熟悉、也最默生的号碼。

到學校都不知道過幾節了，他總是站在窗口說「怎麼又遲到了！」有時候因為我的懶他會生氣，因為他可能覺得我都不重視他，他希望我改掉的壞習慣，我依舊我行我素。

你呢，去珀琉的時候把的高三女生，跟她聊天叫她唱歌給你聽，叫她告訴你她家住宜蘭的哪條路，跟她說我欺負你想討安慰，這些的種種我都選擇了原諒、包容，因為知道不能失去你，我都還沒放棄，你就選擇了離去。

夏绿蒂的恋爱笔记，记录了很多相处细节。

- Chapter 6 -

# 失恋竟让人发愤图强

自信满满的夏女神认为，和豪太“男仆”交往根本就是一种纡尊降贵的“施舍”，因此对豪太进行无穷尽的虐心折磨，总是一副高高在上的模样，从未料到竟会惨遭男仆背叛遗弃。

爱面子的她，表面上虽然接受分手，内心却一直告诉自己：“这绝对是个荒谬虚假的梦！”

在她看来，种种迹象显示，豪太的分手理由太扯，而女神也绝对不可能会被抛弃的啊！

豪太给夏女神的分手纸条，写了三大理由：

一、你不爱念书，以后无法考上好的高中。

二、性格乖戾，上课经常暴走，顶撞师长不礼貌。

三、每天沉迷韩剧，完全属于中毒状态。

P.S. 夏绿蒂，分手后，你要成为好孩子，绝对不可以变坏。

当夏绿蒂拿纸条给我看时，我忍不住大笑说：“豪太不错啊！非常清楚自己要的是什么样的伴侣。这孩子将来必有出息！”

我的赞叹显然惹怒了夏女神。

“老妈，你是怎样？他嫌弃你女儿，甩掉你女儿，你还站在他那边！我到底是不是你亲生的啊？”

实在话，我心疼豪太这孩子，为了这段恋情，屈就男仆角色。这段交往期间，夏女神不断刁难折腾，他着实受苦了。

尽管如此，我还是认为交往是两个孩子自己的事情，他们自会从中习得相处之道，也会领悟情感学问，所以，在他们的整个恋爱过程中，我从未强制干预，也不会介入，我的立场仅仅是聆听。

分手后第三天，夏绿蒂开始发愤运动和念书。她说要通过运动变瘦、变美，并且要把书念好，让张豪太后悔跟她提分手。

她每天挑灯夜战，复习功课到凌晨 2 点才善罢甘休。

翌日，没有爱的 morning call（**叫醒服务**），她居然准时起床，没有误点半秒。如此自动自发的自律，吓坏了她爹娘，更让她的同班同学大跌眼镜。没人习惯一大清早就看到夏绿蒂同学，他们张大嘴巴惊讶得难以置信。

我很清楚，她是刻意让自己不陷入失恋痛苦之中，借着忙碌来麻痹受伤的知觉。她假装洒脱不在乎，以维护骄傲而优雅的女神形象。

分手进入第四天，夏绿蒂边擦眼泪边复习，我知道她的情绪应该已经积累到爆发点了。

“绿蒂，要谈谈吗？”经我一关心，夏女神竟然号啕大哭起来。

“妈，你告诉我，豪太分手的理由是不是很牵强？他喜欢我的时候，我就是不爱念书，就是对师长不礼貌，就是爱看韩剧，当时他可以接受，为什么忽然就不能接受了？他是不是很扯？”眼泪鼻涕双管齐下，楚楚可怜。

“嘿，夏小姐，你想听实话，还是单纯想发泄情绪而已？”

绿蒂点点头！

OK！教训时机已到，这位骄傲的小孩需要当头棒喝。

“绿蒂你好好想想，这两个多月，你是如何对待豪太的？他像男仆般侍奉你，而你总是摆出一副高姿态，盛气凌人。他来找你复习功课，你却在一旁看韩剧；他每天扮演人肉闹钟负责叫醒你，而你总是没有好口气回应；你甚至一点儿也不顾及豪太的感受，大方地接受别人的骚扰和追求。你不觉得，这样的相处很不对等吗？”

恋人分手不见得有什么堂皇而令人折服的理由。当初相爱的理由，后来也可能是分手的主因。人会随着时间而改变。想分手，可能是累积了若干情绪，可能是一种不对盘的感受，已然萌生酝酿一段时日。

“两个人的相处，不应该存在高低不对等，而是要彼此学习理解、尊重、体谅以及包容。不公平的爱情是无法持续的，豪太一直用心付出，而你又对人家做了什么？”

绿蒂挂着泪珠儿愣住，她妈一语惊醒梦中人。

“妈，我该做些什么努力吗？”她自觉先前确实恶劣。

“去跟豪太道歉，谢谢他曾经对你如此好，但你却不懂得珍惜。”我说。

关于这次分手，我协助绿蒂先来厘清几件事。

首先，是否能够尊重豪太分手的决定，还是单纯心有不甘而想挽回？其次，是无法接受被甩的事实，还是觉得自己真的喜欢豪太？最后，是决心彻底改变自己，还是装模作样取信豪太而已？

对于一个 14 岁的孩子，这三个问题确是大哉。但我认为，夏绿蒂应该能够思考清楚。

孩子的爱情学分，最重要的一堂课即是：分手后该如何面对和调适自我。

得知我花大力气陪伴女儿上这堂恋爱课，身边的朋友半数以上都觉得不可思议：“雯静，你为什么要让孩子在最重要的求学阶段，耗费精力谈恋爱？他们应该专注课业，你为何给予机会，让他们做如此浪费生命的事？”

在他们看来，恰恰是我，给了孩子恋爱的土壤。如果能早一点儿予以制止，后来也就不会让夏绿蒂遭遇失恋的痛苦了。

我的回答是：每个孩子都不一样。孩子们有的早熟，有的晚熟，两者没有绝对的好或坏。我的孩子遇到了爱情功课，我便让她修习。之所以不让她“逃课”，理由很简单，她自身有意研习，就会好好地学。更何况，年轻时修炼恋爱学分的成本是最低的。

恋爱学分跟练功一样，最好是从蹲马步开始练起。很多人没有基础，一下子就跳到耍刀弄枪的花式表演，于是不慎遍体鳞伤。更何况，刀枪还很有可能伤及无辜。现今社会实在太多“得不到你，我就毁了你”的案例。

作为父母，见到孩子受苦难免焦急心疼，另外也不愿见着孩子虚掷时间影响学业。但我恰好相反，认为孩子有机会承受心灵的苦楚，作为父母的我们应当好好把握。因为这时候的他们，心灵相对开放，也正是我们提供养分的绝佳时刻。

尽管夏绿蒂即将面临人生第一次的高中会考，但我期待，通过失恋的深刻反省，她得以修正自己傲慢的态度，并打从心底理解一件事：人会碰到什么样的对象，往往取决于自己的状态。

“夏绿蒂，你想清楚了吗？关于你妈我提出的三个问题。”

“我想清楚了……但或许只是现在这个时候清楚，下一刻可能又会改变想法。”

果然是超级无敌善变的双子座。

“没关系，就说你当下的想法吧！”

“我完全尊重豪太的分手决定，的确也是心有不甘。至于有没有那么爱他，我暂时没有确切答案。这段时间，我全心投入课业，确实希望豪太看到我的改变。”绿蒂说着说着，再掀一轮狂风暴雨式的哭泣，“可是似乎一点儿效果也没有！”

这段时间全心投入课业……不就才开始四天而已吗？我暗忖。

“听着，‘接受’并‘尊重’，是失恋最重要的一门功课。心有不甘是正常的。人们通常比较难以接受自己被甩。因为提分手的人，已经酝酿一段时间，也做好心理准备。而被甩的人，大多处在未知状态，面对突如其来的分手通知，相对得花较多时间接受与消化。你现在需要的是时间。时间久了，心情就会放宽、淡然。”

泪水洗涤后的双眼，让夏绿蒂看起来仿佛有了一分明白。

我继续说道：“至于发愤念书这事，你得要好好认真思考，究竟是为了自己，还是为了别人？如果只是为了挽回豪太，那么你大可做回原来的夏绿蒂，继续看韩剧到天荒地老。”

我知道，这样的说法根本就是一场豪赌啊！

面对孩子的困惑，即使清楚正确答案是什么，我还是要她们自己面对和选择。

“如果念书是为了自己，那么豪太回头与否都不重要。更重要的是，你的状态，对于未来会遇到谁，存在关键性决定。条件不好，你也很难遇到好的对象。念书是其中一种管道。不断提升自己，你就有机会遇到，有权利选择，所谓的理想伴侣。一切取决于你自己。”

此刻，夏绿蒂似乎真的有所觉悟了。她体会到，之所以被豪太嫌弃，似乎是自找的。

往后一个多月，夏绿蒂在温习功课的空档，总会跟我谈心。

她时而坚强，时而涕泣。有时候她倾诉得不能自已时，我们一家人会给她爱的拥抱。

我们惊讶地发现，女儿失恋了，最开心的人竟然是夏爸爸。因为女儿回来了！他有机会安慰女儿，给她拥抱。

夏绿蒂终于选择了为自己学习。

她的读书习惯跟她爸爸一样，将各个科目有系统地整理成重点笔记。她社会科学的笔记做得好极了，连班上第一名的同学都想拜读、参考。如此发愤图强的她，唯一的请求就是，假日其中一天要彻底放松。

当然没问题！相较一年多前，那个叫人吐血的叛逆女孩儿，夏绿蒂如今转变至此，根本是个感人的大跃进。

开学家长会上，我遇到豪太的妈妈。豪太妈妈很客气地找我聊天，她虽然知道儿子跟绿蒂分手，但并不清楚当中细节。

我说："孩子之间的事，我们就让他们自己尝试面对和解决。豪太对绿蒂很好，是她不懂得珍惜。我有请绿蒂谢谢豪太这段时间的陪伴，不过他们之间似乎还心有芥蒂，现在还没办法正常来往。"

就这样，绿蒂升九年级那个夏天，一场失恋风暴，让她彻底改变。而她妈在那年夏天，也结束了历史纪录片公司，面临人生规划是否该转型的难题。

经过思虑，虽然跟旺旺中时媒体集团缘尽，但有感历史纪录片的使命仍旧，我跟几位伙伴，在新店小碧潭架构一间工作室，继续艰苦地经营与制作纪录片。

那段时间，夏绿蒂天天跟她妈频密热线，因为她需要有人倾听她飘忽不定、高低起伏的少女心情。

几个月后，有天晚上我在外头，突然接到夏绿蒂电话。

"老妈，张豪太打电话给我，说他在我们家楼下公园，要跟我借笔记。我要下去见他吗？笔记要借他吗？"

我回她："夏绿蒂，你该困扰的不是借不借他笔记，而是当张豪太要求复合时，你要答应吗？"

等我回到家，夏绿蒂并不在，夏爸爸很紧张地对我说："怎么办，夏绿蒂还没回来，已经谈了两个小时了。"

"什么怎么办啊？事态已经很明显，两位小恋人的故事还没结束啊！"

夏绿蒂重返书桌，发愤念书度过人生第一次失恋的心碎。

- *Chapter 7* -

# 如何度过失恋后的 60 天

失恋后的 60 天里，15 岁的夏绿蒂到底如何度过?

她时而理性坚强，时而陷入近乎歇斯底里的疯狂撞击。

这当中，她也正踏上重新学习友情与爱情的路途。

夏绿蒂很幸运，她有两位从“胎儿时期”一起长大的发小，分别是小云儿和小依依。小云儿跟夏绿蒂还是同一天出世。

她们三人打自娘胎尚未出生前就已经“认得”。因为爸爸们是大学社团的朋友，妈妈们巧合地在同一段时间先后怀孕、生产。

数年后，发小团队相继再加入夏荞安和小彩虹。

这五位清一色女生的姊妹淘，从小一起长大，一起玩耍，一起唱歌，一起排戏，一起旅行，一起欺负男生。每个星期固定总会碰上面，几乎就像家人般亲密。

三个家庭，也因孩子们而形成紧密的生活网络。

我们每个周末至少都有一次聚会。即使孩子们已经升上初中，仍旧风雨不改维持这样的生活传统。这是行之有年也是最重要的假日聚会。

从小立志要当音乐家的小云儿，假日还得去上打击乐、乐理课程，但一下课就会飞奔前来相聚。女孩儿们一碰头就叽叽喳喳，似乎总有说不完的话。

夏绿蒂率先破坏了这项姊妹淘假日聚会的不成文规定——当她和张豪太处于热恋的时候。

某天，门铃声叮咚响起，小依依飞快地打开家门，看见我们一行人却独缺好姊妹身影，她问："夏绿蒂呢？"

"不好意思小依依，她和张豪太、张妈妈今天晚上一起吃饭，不来了。"

小依依听闻，眼神里难掩心中失落。

对于渴望恋爱的人，一旦他们交了异性朋友之后，通常会出现一种症状，我们称之为"爱情野兽症候群"，也就是俗话说的"有异性没人性"。

夏绿蒂曾经得过这种"病"，病情甚为不轻。她破坏了假日聚会的约定，凡事以男朋友为重，抛弃亲如姊妹的闺密。

不够意思的夏绿蒂，尽管经常放大家鸽子，小云儿和小依依总是不计前嫌地原谅她。至于夏大小姐呢，只要一有机会就会为大家报告最新进展，巨细靡遗地分享和豪太的交往状况。

她总能将自己的喜悦、难受，甚至是暴怒的心情，表达得如同偶像剧般

夏绿蒂最好的姐妹淘，总是一起喜怒哀乐。
（左起小依依、夏绿蒂、夏荞安、小云儿、小彩虹）

精彩绝伦。姊妹们可是听得一愣一愣的。

分手第 60 天，夏绿蒂宣布要和张豪太复合，姊妹们都吓呆傻愣了。

言犹在耳，前一个星期聚会时，不是竭尽所能诅咒怒骂，不是咬牙切齿狠话道尽，说什么永生永世不会原谅张豪太吗？怎么才过了短短七天，剧情竟然急转，形成如此巨大反差？

夏大小姐失恋期间，姊妹淘都围绕着她，听她说豪太的好、豪太的坏。

有一天走在路上，夏绿蒂看见豪泰客运（长途巴士）从眼前驶过，花容失色大叫：“我的豪太！我的豪太跑了！”接着就豪放地蹲在路边，狂风暴雨般号啕大哭，一发不可收拾。大伙儿措手不及，赶紧兵荒马乱地安慰她（可能实在太丢脸了，希望她收敛哭的声量）。

讲真的，要不是这群孩子自幼一起长大，早已摸清和熟悉各自性格路数，不然以夏大小姐疯癫的状态，当真不是寻常人所可以忍受的。

为了抚平夏绿蒂失恋受伤的心灵，小依依的爸爸，也就是我们三个家庭当中的旅行组组长“孙领队”，特别精心策划了平溪天灯之旅，可谓用心良苦啊！

“夏绿蒂，你可以在天灯上写下愿望。据说只要飞得够高，够远，天公就会看到，然后帮你实现心愿。”孙领队贴心地说道，试图引发她的兴趣，转移情伤之痛。

当天，三个家庭带着郊游兴致，搭乘平溪线火车，沿着铁路各个小车站的景点游玩。入夜后，终于来到了平溪最著名的天灯店。店主是一对老奶奶姊妹花，所有天灯皆是出自她们俩的巧手。

一到店里，老奶奶说明天灯许愿的神奇魔力后，孩子们便用毛笔在天灯上挥毫书写自己的愿望。小云儿和小依依分别写着要考上哪所高中、哪所大学、哪门科系，希望成绩如何进步之类的心愿。

只有这位夏大小姐，在天灯上写着斗大十个字："张——豪——太——快——回——来——舔——我——的——脚！"

我简直不敢相信，即使到了这般被甩失恋的落魄程度，夏大小姐依旧气焰嚣张。

真不知道，她是哪来的自信！又或是说，她是何等的傲慢痴狂！

夏绿蒂对于张豪太，犹如病入膏肓的痴癫。每讲三句话中就有两句必是豪太。后来大伙儿终于受不了了，规定她聚会时不准提及"豪太"二字。

"豪太"就像《哈利·波特》里的"伏地魔"，已成为禁忌符号。霸气脾性的夏小姐也自觉夸张过头，便默默地接受了大家的新禁令。

就这样过了一段相安无事的日子。

某天，绿蒂和姊妹淘们逛街，看到路边鸡排摊贩的招牌，突然神色惊恐地问大家：“你们看！你们看！那是什么鸡排？你们念念看嘛！”

“豪大鸡排啊！豪大！”姊妹们没好气回答她。

“不是‘豪太’吗？看起来明明就是‘豪太’鸡排！”

这位近视的夏小姐竟然“指豪大为豪太”。她戴上眼镜，就近一瞧，真的是“豪大鸡排”。

夏绿蒂真的想豪太想疯了！

当夏绿蒂宣布和豪太复合的消息，尽管大伙儿惊讶得下巴快垂落地板，但考虑到与其面对绿蒂开口闭口不离张豪太的疲劳轰炸，倒不如让他们和好落个清净。姊妹们也算是解脱了。

只是，那天晚上在公园里，究竟发生了什么事？

以借笔记之名，张豪太约绿蒂到家附近的公园碰面。两个小仇家终于在分手后，有了第一回合的正面接触。

豪太是个思路清晰的孩子，他总有说不完的人生大道理。夏绿蒂则认为，大道理都是动听的语言，凡事得身体力行才算数，否则一切皆流于空话。

不停地拌嘴、辩论，是两人的相处模式。

即便眼下再清楚不过——豪太想要复合，两人还是先一阵言语交锋。

夏绿蒂虽然也想要复合，但作为尊贵的女神，她知道非但不能提及，而且还要装出百般不愿意。

她已经想好策略，就是端出“爱情未达，友情已满”的欲擒故纵态度。

豪太若想恢复男女朋友关系，先吃闭门羹再说。

累积长达60天的冷战，其实豪太也适应不良。

原本下课时间，大家总是围着夏绿蒂的座位，一群人聊天说笑。随着两人分手后此景不再。男女双方变成对垒分明的楚河汉界，男生围绕着豪太，女生环绕着绿蒂。

只是暗地里，豪太会在远方用余光偷瞄夏绿蒂，观察她的一举一动，看她是否过得开心。他甚至会向女同学探问绿蒂的近况。

这一切，绿蒂并不知情。

“我们不要再僵持下去了！已经60天了！”

其实豪太跟绿蒂一样，默默地在计算分手的日子。

他一直在寻找复合的时机点。

豪太是心思细腻的孩子。他在放弃以后才发现，心中有很多的不舍。后来才明白，自己还是真的很在乎夏绿蒂。但一直没有适当的时机，好给彼此下台阶。

WELCOME TO MY HOUSE!

with JUST DOG

2014

no

date

還沒畫完不是嗎....?

夏绿蒂的爱情笔记，有一页专门记载跟张豪太的分手日期。

他正在盘算“今日复活”应是合适的日子。

他对夏绿蒂说：“我们还是在一起吧！”

豪太的温情攻势并没有让绿蒂软化下来，因为她有太多的情绪和不解，她必须先翻旧账，否则她过不了自己的关卡。

这60天对绿蒂来说实在太煎熬！

“还记得分手第二天，我跟你说的话吗？”绿蒂开始清算第一笔旧账。

“分手第二天？”想当然尔，豪太早已不记得。

当时他一心想分手，急欲摆脱这位堕落女友，因此夏绿蒂说过什么，对他而言并不太重要。

绿蒂对豪太说的那番话，是我教的第一课：真心地感谢对方，谢谢他曾经爱过我们。感谢那些曾经的美好日子。用祝福的心情，祝福彼此未来的人生。

诚然，这种超脱情绪的沉淀平静心情，对绿蒂这个年龄而言，着实太难。即使如此，她还是愿意这么做。

她想要让豪太知道，她会改变，而且有心改变。我协助绿蒂整理她对豪太的感谢，那天晚上我们一起练习了好久。

“张豪太，谢谢你一直容忍我的霸道。谢谢你带领我离开玩咖圈子，重新面对学习和人生。我尊重你的决定，不代表我愿意接受，但我会试着学习接受。这段期间，如果我哭，请你在心里试图理解我。我希望跟你继续当同学，而不是仇人。因此请你协助我度过这段艰难的阶段。”

记得那天早上 10 点左右，夏绿蒂趁着下课时间给我打电话。

她在电话那端哽咽地说：“妈，我讲了感谢的话给张豪太听，但他面无表情，只是说声‘喔’，然后转身就走了！他怎么可以这样对我？怎么可以！”

电话这头的我，尽管心里百般不忍，仍强撑着对绿蒂说：“姊姊，你很棒！你做到了。只要给予祝福，妈咪深信，一切都会有转变的。现在，我们需要的只是时间。”

讲了这段感谢词，张豪太并没有协助夏绿蒂，反而疏离她更远。

他似乎吃了秤砣铁了心，不相信她的一面之词。他不想浪费时间，也绝对不心软。

豪太的冷酷态度，的确让夏大小姐很受伤，但倘若不是豪太这般坚决，这位夏女神也不会反省自己的作为有多么恶劣。

在一旁观察的我，觉得豪太其实做得很好。只是事情后续将会如何发展，不是身为父母的我们所能够左右的。

我的心态很简单，就是倾听，并且，协助孩子整理自己的思绪；有时候

也会陪孩子入戏，一起难过伤心；有时候只能给予深深温暖的拥抱。没有固定的模式，视孩子状态而定。

“为什么要回来找我，不是说我很堕落吗？不是说我很没礼貌吗：你去找更上进、更乖巧、更有礼貌、成绩更好的啊！”夏绿蒂火力猛烈连环开炮，“就当同学吧！省得麻烦。而且我暂时也没什么话好跟你说的。”

“当同学很奇怪啊！我无法跳脱这样的身份，就只能当男女朋友。”豪太提出抗议。

两个小冤家为了“当同学还是男女朋友”争辩了一个晚上。

后来，夏小姐使出了缓兵之计：“或许你只是冲动而已，让我们各自都再想想吧！”

“人很奇怪，得不到就想珍惜。只要彼此愿意等，只要真的有缘分，最终还是会在一起。”

夏绿蒂和豪太从公园谈完后，回到家立刻跟我分享心得。历经这一次分手的折腾，夏绿蒂的恋爱战斗指数果然有所提升。

我在一旁默默地听她分析：“当对方愈急，你就愈得放缓脚步，因为恋爱不是三分钟的事，必须好好斟酌思索。”

孩子，你这是欲擒故纵好吗？我暗忖。

“好会讲喔！”我不得不赞叹。

“只是……妈，我要撑多久啊？”

我差点儿没从椅子上摔下来：“所以你的意思是？”

“当然是要在一起啊！”

with
JUST DOG

WELCOME TO MY HOUSE!

2014.10.4.

前一天晚上，和君 and 賴去西門，太晚回家，本來打算打給♥，跟他說我們真的當很好的朋友，不要讓畢旅尷尬。隔天一早起床，看到♥密我Line，問我「有空嗎？」我以為終於要說畢旅的事了，結果竟然是問我「復合好不好？」說真的，原本10/3我完全的看開了，沒想到，你卻跟我說，那天（10/3）你很難過，跟我說，你不只難過那5分鐘，說你那天晚上哭了，聊到最後，你說「朋友？合好？二選一」，晚上到公園找我，用講義的名義，我們交換社會講義之後，下起了小雨，我們從捷運站聊到溜滑梯，聊著聊著，口渴了，猜拳，你輸了，你去買了2杯蕭敬騰代言的青山仙草蜜，9点，該回家了，去我家樓下陪你牽車，你說，你腳踏車的密碼鎖是「XXXX」your birthday，回家後，你用Line密我跟我說「終於知道當時你會喜歡上我的原因了，因為我對你好的時候真的很好，原來你也是失去後，才懂得珍惜。」

Bu 夏
2014.10.24.

这就是两个小家伙第一次复合的全部过程。

- Chapter 8 -

# 所谓不是冤家不聚头

绝大部分人，刚开始与情侣交往时都会将自己的某些脾性隐藏起来。直到恋情稳定后，双方才会让“藏拙”的那一部分，渐渐原形毕露。

跟常人迥异，夏绿蒂的霸道习性，从一开始就发挥得淋漓尽致，没有任何伪装的意思。

可怜的张豪太，除了每天要承受夏大小姐的霸道之外，还得接受不定时的各种脑力、嘴力大挑战。

他们相处的这个阶段维持得相当长。

“同性恋是个人的性取向，人家要结婚到底是哪一点碍着你了，你为何要反对同性恋结婚？你又不是基督徒，没有宗教的理由，为何要排斥同性恋？认为这些人脑袋有问题，我觉得你才有问题！”

夏绿蒂开着手机扩音对话功能，对张豪太进行连环炮猛烈攻击。

其实豪太也支持同性恋结婚，但他总是被夏绿蒂激到对立面去，故意跟她唱反调：“为什么你认为对的事情，我也非得要认为是对的？每个人都有

自己的价值观和判断。我不支持法律允许同性恋结婚，那样天下会大乱。这是我的立场，请你学会尊重别人好吗？”

“你讲的‘道理’，根本就不是道理啊！要我如何尊重你？”夏绿蒂又是一句回戗。

“我说的是‘尊重’，是‘基本礼貌’，每个人不一定都要一样。”豪太很快地把球踢回来。

“对！你说对了！每个人不一定要一样，同性恋就是因为他和普通人不一样，跟你不一样。即使不一样，但不能遭到歧视，你懂吗？这才是基本的人权尊重。”

夏绿蒂果然伶牙俐齿啊！妈妈在一旁都听傻了。

“我指的是讨论的态度，你这种咄咄逼人的讨论态度！和你想法不同，就像触犯天条，这是不对的！我指的是这部分。”豪太试图转移焦点。

“先生你脑袋有问题吗？我们在讨论的是为何要反对同性恋结婚，谈的是同性恋的问题，不是我的态度问题。这是另一个命题，请你不要搞错！”夏绿蒂立即拉回主战场。

“我们为什么要讨论一个跟我们毫无关系的事情？我又不是同性恋，你也不是。我们为何要将精力放在一个不属于我们的问题上？”豪太这招的确高段。

“为何不是我们的事就不用关心？这是公民基本人权，这是人道社会的人权指标你懂吗？是，平时你是用不到人权，但它的存在就是可以保障你。你怎么知道，你未来生的孩子就不会是同性恋，现在不解决问题，将来他该怎么办？如果他想要成立属于自己的家庭呢？难道要他躲躲藏藏一辈子吗？你的孩子是不是你的事？你怎么可以这么自私啊！”

Strike（保龄球瓶全倒术语）！

夏绿蒂基本上已经大获全胜。豪太完全不想再辩，他自讨没趣了。

我在一旁写稿，一边默默听着精彩的对话。

九年级 15 岁的孩子，为了同性恋是否可以结婚做出这种程度的讨论，他们的争执着实有意思。

到此，我认为，如果夏小姐去参加辩论比赛，如果没有得最佳辩士奖，那么至少“最火爆辩士”绝对是实至名归。

挂上电话后，坐在旋转椅上的绿蒂，回头问我：“妈，我的态度有很差吗？豪太一直在纠正我的态度。我有吗？”

要我说实话吗？

“真的很差耶！豪太说的尊重态度，的确是你要学习的。而且你也要学

会，不要用三娘教子[1]的方式对别人说话。就算再有理，这种态度也会令人难以折服。”

“噢！”夏绿蒂陷入若有所思的状态。

我不能让夏绿蒂觉得振振有词总是对的，如此只会助长她愈发嚣张。

类似的争辩并没有结束，反而愈来愈多。

夏绿蒂是环保主义者。她认为，班上应该制定使用冷气的基本规则，好比说气温超过 32℃才可以使用冷气。

然而，盛夏燠热，男同学一有人想吹冷气，就用投票表决的方式来决定。他们班男生人数较多，加上“首领”张豪太一向提倡男生团结的风气，因此，在团结一致的大旗下，赞成票数通常容易过半。

有一天，夏绿蒂为了开冷气事件在班上大发飙。她认为，现在的这个投票机制有问题，会导致产生不公允结果。很多人并不是理性表决，而是迫于人际压力、环境情势而硬着头皮跟从。

她总觉得，班上必定有人跟她一样倡导环保，不赞同随便开冷气。开冷气不但破坏臭氧层，而且很耗电，人们毫无节制地用电，电力终究会匮乏，这样就有理由加盖核电厂。她不愿意台湾又多一座核电厂。（**她真的想得很**

① 三娘教子：原指改编自明末清初李渔《无声戏》中的一回，这里用以形容女生很强悍，将男生当成儿子来教训。

多，也管得很宽。）

她问豪太：“你和你妈都有参加反核游行，为什么你想的是一套，做的却是另一套？如果你真正了解核电，就不应该挥霍用电，给建核电站制造理由和机会。班上男生爱开冷气，你为什么不试着说服大家，引导大家关注环保，请问你真的是环保人士吗？”

可怜的豪太又被夏绿蒂批得体无完肤。但这次豪太被说服了，他答应在班会中，和大家讨论并建议重新制订开冷气规则。

他也开始体会到，当夏绿蒂的同学很累，当夏绿蒂的男朋友更累。

豪太的中心思想是：专注课业，做好本分，这样就好。

事与愿违，因为他有一个爱管闲事的女朋友。

绿蒂有个同校的表妹念七年级。有一天轮到她值日，负责垃圾清理工作，她一边倒垃圾一边捂着鼻子抱怨：“好臭哦！”

此时在旁的八年纪学姊凑巧听见，误以为这位学妹羞辱她，于是心怀愤懑地去找九年级学长告状，要学长出面教训白目学妹，替她讨回公道并道歉。

不仅如此，这起“倒垃圾羞辱学姊”的乌龙事件，还延烧到社群网站。对号入座的八年级学姊（我们姑且称她为“臭臭姊”），在脸书上写着：“快来帮我主持公道！学妹骂我！”

就这么短短两句话，有人开始留言相挺，有人打抱不平，有人直接问是谁。很快地，表妹被人肉起底。紧接着表妹的脸书涌现指责声浪：“哪来的胆子，竟然敢骂学姊！”

后来情况有点儿失控。一群疯狂的人，用各种辱骂的语言灌爆表妹的脸书，而最恐怖的留言也来了：“你以后走路小心一点儿！”

“倒垃圾羞辱学姊”事件在学校的社群中蔓延开来。

几经询问与求证后，夏绿蒂了解到事情的来龙去脉仅是误会一场。重点是受害者正是自己的表妹，扬言要对她展开威胁的则是豪太的小学同学。

当时网络上已经闹得沸沸扬扬,有一帮人还准备展开进一步的近身攻击。一桩校园霸凌事件即将上演，夏绿蒂希望豪太出面，处理这起乌龙事件——本来就只是个阴差阳错的误会，只要有人出来化解就没事了。

绿蒂通过 LINE 不断劝说着豪太，但豪太似乎不为所动。

他的论调是：“这些乱七八糟的事，跟你我无关，我们无须仗义执言。世上不公不义的事情何其多，你都要凑上一脚吗？先管好自己比较重要！”

夏绿蒂看了豪太的回复为之气结。

她认为，网络集体霸凌之所以形成，就是因为没人站出来制止，于是欺压的言论自然而然地就占了上风。而且如果有人出来制止，其人数与力量也要与欺压方能互相抗衡，否则根本无法发挥作用。

夏绿蒂试图上脸书声援表妹，奈何势单力薄没有任何效果。无奈之下，她又回头恳求豪太，但豪太仍是坚决不出手。

夏绿蒂甚至说："要是事情发生在我身上，你会如何处理？"

起先，豪太拒绝回答这种假设性问题，但他最后还是说道："你的事我当然会处理。重点是，现在这是别人的事，所以无须介入。"

夏绿蒂火大了，直率地说："我表妹的事，就是我的事。那我的事你管不管？"

夏绿蒂其实担心的是，被威胁的表妹因此不敢上学，甚至处在恐惧的心理状态之中。因为她在小学时期，也曾遭遇类似事件，因此十分理解面临集体围剿和恐吓的心情。

当晚两位小情侣吵得不可开交。

最后，向来爱放狠话的夏绿蒂，在电话里抛下这样的话："张豪太，你不用处理了。接下来我不准你介入，我会用自己的方式去做。但是，以后你也无权关心我，因为我关心的事，你一点儿都不在乎。"

我在旁边听得啧啧称奇。

这一招有够狠，但如果遇上不喜欢受威胁的男生，对方怒火肯定会冲到最高点。

隔日，表妹一踏入校园，沿路就被学长用脏话羞辱。她甚至躲进厕所不敢出来，但始终没人出手相救。尽管害怕，不过她认为这一切的误会，都是学姊引起的，没有理由为了息事宁人而被迫道歉。

一句“都是学姊引起的”，为这件事掀起另一波高潮。

从大人的角度来看，自然觉得孩子们的行为很幼稚：将此事报告老师，不早就可以结案了吗?

我跟夏绿蒂朝这个方向讨论。她问我，如果校园霸凌的事情，是学校的一个警告、一次小过或大过，就可以彻底解决的话，那么为什么校园霸凌总是层出不穷呢?

师长的介入，学生们表面上会稍微克制。在大人看不见、伸手不及的角落，譬如在网络世界，或是上学途中，表妹所面临的处境将会更为恶化。因为发声的群体都是嚣张而不讲理的人。

这也是为什么夏绿蒂会认为，豪太才是整个事件里最好的调解人，因为威胁表妹的人是他的小学同学，只要豪太将整个误会说清楚，对方就会买单。接着，对方也会去跟那位误会自己很臭的“臭臭姊”说明原委，一切也就圆满落幕了。

夏绿蒂一到学校，没给豪太好脸色。

她的计划是带着小表妹去和“臭臭姊”解释清楚，先还她“清香”，然后再带两人去告诉那位准备要动手的九年级学长，让此事终结。

当夏绿蒂正要行动之际，豪太赶紧从座位那边跑过来说：“我已经处理好了，事情已经圆满落幕了。”

原来就在夏大小姐撂下狠话后，豪太立刻去和小学同学说明了事情的来龙去脉。同学理解后，也便去安抚那位“臭臭姊”，并请她把脸书上的文章删去。

当天晚上豪太就已经处理完毕。

“为什么这么简单的事，要我说这么久，发了这么大的脾气，你才要做啊？”豪太没得到夏绿蒂的肯定，反倒又被狠狠数落一番。

可怜的豪太，还真是很难做人啊。

夏大小姐脾气大，又难搞。尽管嘴上得理不饶人，实际上心里还是挺开心的——她自认阻止了一场愈演愈烈的校园霸凌事件。

“有让表妹知道吗？”我问。

“当然没有！为何要告诉她？默默地帮忙才能享受真正的开心。”

哇！我无法相信这样的话语，竟然是从我的女儿口中说出。

我半开玩笑说：“你是正义姐吗？”

绿蒂睥睨回嘴：“妈，你才是吧！”

是啊！或许孩子的身上，真的是流着和父母相似的血液。我求学的那个年代，尽管没有网络霸凌，校园暴力却未曾少过。生长于“黑道”的故乡云林，班上总会有所谓的“恶霸”。不少同学的家庭都有黑道背景。

恶言恶语、恶行恶状见多了，我从小就渴望有绝对的正义，我厌恶强者欺负弱小的行径。

我的大弟是后天性小儿麻痹症患者，从小饱受同学言语嘲讽、欺压。有些恶劣的老师还会拿他的身体开玩笑，说他是布袋戏里的跛脚人物“弊雕”[①]。

大弟受到了很大的心理创伤，这种创伤久久未曾平复，即便如今已为人父，大弟依然会为孩提时代的伤痛而经常不安，噩梦不断。

作为姊姊，我唯一能做的，就是只要在我眼皮底下，谁都不可以欺负大弟。我每天勤练柔道三小时，希望自己拥有一身好武功，可以保护他。

有一天，我们一群孩子在柔道场练习，当时大弟也来参加了。有位学长在一旁讥笑地说：“弊雕也会练柔道喔？”原本练习得很开心的大弟听到后，气得无法动弹。我在一旁恰巧目睹事件发生，立刻走上前去，一手抓住学长的道服说：“你刚才说什么？有胆再说一次！”语毕，立刻给对方一个过肩摔，然后将对方压制在地。

“给我听好，立刻跟我弟弟道歉！以后不准你再欺负人！还有，往后看

---

① 弊雕：台湾乡土布袋戏《云州大儒侠》中的角色，十分闻名，因其跛脚，后来成为孩子们耻笑小儿麻痹症患者的用词。

到我弟弟，请你给我立正站好，行注目礼过去。如果有任何一次懈怠，我见你一次揍一次，听到了没？”熬不过我的锁喉压制，对方很快投降，答应我所有条件。

为大弟解围的柔道社事件很快传开，甚至还传到其他村落。

妈妈当时在台西的妈祖庙口摆摊卖衣服，其他学校的男生，请求我妈让他们跟我习武，还一一被妈妈劝退。

虽然还在小学四年级，当时的我经常四处和坏男生打架，而且还挑战过初中生小混混……没有打赢，还搞得一身伤。爸妈从不阻止我，或念叨半句，只是淡淡地说：“下次小心点儿啊！”

相较于我那个年代用言语、肢体的霸凌（当年根本没这个词），绿蒂所处的时代好像简单许多。他们在网络谩骂别人，讥笑嘲讽，用各种不堪的言语围剿弱势对象。

这些貌似无足轻重的霸凌，其实稍有不慎，就会构成集体共犯结构。大部分的孩子却都不自知。

“为何大部分的人都不愿意挺身而出，保护那些被欺压的同学？为什么这么多人能够见死不救？”夏绿蒂满腹狐疑地说道。

老实说，为人父母，我们都希望自己的孩子不要惹事，切忌强出头。安全是每个人最低限度的保障。但是，很少人会这么想：如果我们的孩子是被霸凌的对象，我们是否期待和渴望，有人会挺身而出协助他们脱离困境？

另一种角度而言，其实沉默也是一种共犯。

某种程度，我既宽慰也欣喜。

我的孩子足够勇敢，夏绿蒂没有只是想到自己而已，她爱管闲事，关心他人。当然，豪太的想法也很务实，他的考量说不上错误。而且，他最终还是伸出援手，解决了争端，不是吗？

“要原谅豪太了吗？”我问夏绿蒂。

“原谅，为什么要原谅？我从来都没有饶过他。”夏大小姐嚣张地说，“妈，我只是在思考一个问题：这么简单也不需要太多成本的事，豪太都不太乐意付出，我担心有一天，需要他更大勇气的付出，他会站出来吗？我们真的是天生一对吗？我开始怀疑了！”

“夏小姐，我只能说你管得很宽，杞人忧天，请你管好自己啦！”

“老妈，你一定是豪太派来的间谍！管自己需要的是自律，管别人需要的是勇气。”

“你辩驳特别多，我举双手投降！”

有这样的女儿，我也唯有举起白旗摇晃。

夏绿蒂画作《木心》。画的大意：被霸凌的孩子，必须要麻木自己，把自己变成木头人，才能在被欺压的环境存活。

- Chapter 9 -

# 做迷妹还是做恋爱的主人

失恋60天之后，夏绿蒂同学和张豪太同学重归于好。

身在其中的他们或许没有意识到，吵架、分手、和好三部曲也是谈恋爱的一部分，有一句话是谁说的来着：“未曾经历失恋之痛者不可语爱情。”

哦，对了，这句话好像是我说的。

当然，失恋后的复合，往往也并非是所有问题的终结，恋爱之途漫漫，还有太多功课需要研习。

复合之后，存在的问题依然存在，甚至暴露得更明显了。

一向自以为高高在上的夏绿蒂女神，并未察觉，自己在骨子里偏偏是一个以男朋友为中心的典型患者。

尤其是经历过第一次失恋后的复合，她的病情大大加重了。原因是她害怕再度失去这段关系，所以，只要豪太希望她配合，她几乎二话不说就紧贴跟上。

夏女神丧失了过往的霸气。

这一次，夏大小姐一副“女神一去兮不复还”的样子，180° 拐弯大转性。

更准确地说，针对爱情的棋局理论而言，夏绿蒂沦落居于下驷了。而上驷，自然就是豪太大王。

豪太是个自律的孩子，念书、补习以及玩耍的时间，都安排得井然有序。

他天资聪颖，不太需要埋首苦读、死记硬背，文科类几乎过目不忘，理科则也有一套应对方法。

所以，他放学之后通常就会留在学校打球，和同学们一起在篮球场上奔跑流汗。

念书和补习这两件事，夏小姐基本上无法陪伴。

一来，绿蒂无法适应补习班生态；二来，则是程度差异太大。

两个人唯一搭得上的，就是玩耍。

复合之后，豪太不再絮絮叨叨地要求夏绿蒂念书，而是陪她玩乐，对夏绿蒂来说真是求之不得、正中下怀呢！

男孩们在篮球场上挥汗如雨打着球，女孩们则在场外双眼放光地观赏。如果有男生帅气地运球上篮，女孩们立即报以连连惊呼，并喜滋滋地议论着、神魂颠倒着。

这样的场景通常出现在校园青春电影和偶像剧里。

夏绿蒂不是台湾偶像剧看得太多了，就是历经过一次分手后，心理上患得患失，如今只想好好地陪在张豪太身边，丝毫不敢怠慢。

这也是，她作为女友唯一的功能：惊呼男友帅气投篮的傻妹。

“妈，我在学校陪张豪太打球喔！”夏大小姐屡次在电话里头说。

我当时没有说什么，等绿蒂回家后，我便问她：“今天球打得怎样？”

“打球？我没打啊！”

“啊？那你去球场干吗？”

“看男生打球啊！”

“你喜欢看男生打球，还是喜欢看张豪太打球？”

“都有吧。”绿蒂耸耸肩说道。

“很享受吗？”我试探性地问。

“还不赖！”她洒脱地回答。

看来傻妹病情不轻。

眼见夏绿蒂那么投入地在球场边当傻妹，我心里其实挺难受的。

只是，回想自己年轻时，也曾追求过不切实际的浪漫幻想，将心比心，如果我数落夏绿蒂，岂不是五十步笑百步？

我在夏绿蒂这么大的时候，不少人向往成为流浪歌者的女朋友，肩上背着一把吉他，跟随男生四处流浪，是多么的自由奔放、年少轻狂、此生不悔。

为什么会有这种幻想？老实说，我不太确定因由。

大概是，受到三毛小说的影响吧。

少女时代的我们向往流浪，向往感受最美的乡愁、最迷人的恋情。想一想，踩着爱情的音符，天涯海角，双宿双飞，是何等逍遥快活啊！

直到上大学后，真的遇到了会弹吉他、会唱歌的男生后，一切幻想就破灭了。根本没有男生想要流浪！

而且，究竟为何要流浪，为了寻找生命什么样的答案？我既茫然无知，也说不出具体答案来。

于是关于流浪，一种形式主义的绮丽爱情梦境，就在那时候消失殆尽。

我忍住碎念，选择先不理会，也不晓以大义，就让夏绿蒂当一段时间的傻妹吧。更何况，这家伙在自己尚未有所觉醒的情况下，若想要试图扭转她的想法，其实没那么容易。

我不想对牛弹琴，自讨没趣。

我想，每个人年轻时，多少都会有心生向往的浪漫情结。

看在旁人眼里，或许觉得只是无聊以及对光阴的挥霍。但对当事人而言，却如同完成了一场浪漫的生命仪式。

就这样，夏绿蒂当了一段时间的球场称职“看球妹”。

我问她看球之外都在干什么，她回答说：“陪下场休息的同学聊聊天啰。”

“都是男同学吗？”

“嗯，都是男生。”

“女同学呢？都去哪儿了？”

“她们来一下下就走了，大家都要上补习班。”

“……这样看球有趣吗？”

“说实在话，其实有点儿无聊。”

听绿蒂回答的口气，我晓得能够切入讨论的谈话契机终于来临。

“绿蒂，你要知道，如果我们习惯把自己的时间，用于虚掷的等待，很快你就会变成没有主张的人，因为你不知道自己要干吗。凡事以别人为重心，你不但不会因此得到应有的尊重，反之，只会让人觉得你很闲所以赖着对方，根本不懂得安排、规划自己的事情。”

见绿蒂没有出现刺猬般的反应，我乘胜追击。

“相处应当重质不重量。不是成天腻在一起，就代表感情很好。如果你想运动，和豪太以及同学们一起打球，妈妈觉得很棒。不过，如果只是没事在那里穷等候，跟大家瞎混，你认为，这对彼此的感情有任何帮助吗？”

我疼惜地看着她，继续说道：“你要记住，如果你真心要和豪太相处，不应该只是着眼当前意义薄弱的‘陪伴’，而是跟随他的目标，一起努力考上公立高中。如果你只想念职业学校，往后双方的路途就会分岔，未来持续走下去的可能性就会微乎其微。决定权在于你，自己好好想一想。”

每个人都是个独立的“圆”。

每个圆好比是一辆独轮车，那两个圆就是一辆脚踏车。

两个圆在一起发挥的轮转威力，绝对要比一个圆大，但是两个圆终日腻在一起，变成重叠的圆，过度依赖对方、牵拖对方，那便会丧失了爱情的意义。

爱情的逻辑是一个独立个体的“圆”，加上另一个独立个体的“圆”，成就彼此的转动前进。

既是各自独立，却也是互相圆满。

呵呵，我似乎也太高深了吧，比喻得这般带有禅意却不失深入浅出。

正当我在心中得意洋洋之际，夏绿蒂那边毫不留情泼洒一盆冷水过来：“丁雯静小姐，我又不是只打算交豪太一位男朋友而已，未来我们一定会分手的啊！”

“你这么想得开哦？”

“是啊！不然咧？”夏大小姐斩钉截铁地说。

“我可不相信，一旦分手你别又哭哭啼啼了。我可懒得理你喔！”我故意挫挫她的锐气。

接着，又到了星期五晚上的打球日，绿蒂竟然下课后准时返家。

“怎么这么早就回来了？”我问。

没想到绿蒂泪眼汪汪地对我说：“妈，豪太根本不在乎我有没有陪他打球。我本来是试探性地问他，今天不想跟他们去打球，看他会有什么反应。结果他就说：‘随便你啊！’是不是很好笑，随便我？所以我的陪伴根本就不重要啊！”

夏大小姐愈说愈激动：“我本来是想好好陪他，结果他竟然不在乎！是怎样？我可有可无是不是？我简直是在浪费自己的时间！”

“嘿！夏小姐你冷静一下。请问有人要求你去看球吗？是你自愿去的对吧？既然是自愿，那就是你心甘情愿的选择，这要怪谁？应该说，你原本就享受在一旁当看球妹的，不是吗？”

这个时候还不抓紧机会教育，枉我这当妈的啊！

“你对自己毫无规划，就很容易陷入这种状态啊。所以你要面对的关键问题是：善于安排自己的时间，而不是责怪别人不在乎你。豪太更期待的是你好好念书，有自己的主张。男生的普遍心理状态是，唾手可得的，一般都不太看重、珍惜。甜美的相处要建立在彼此的在意之上，绝对不是漫无目的的陪伴看球。懂吗？”

没有自我的虚无相伴，在爱情里铁定吃亏。

当你失去了自己，对方不见了原本所喜欢的你的本真模样和个性，你以为他又会怎么想呢?

听我这么分析，夏绿蒂似乎有点儿开窍。

“妈，在会考前，我要规划自己的读书计划。豪太想约我，得先看看我的行程表。”

“你办得到？”

我对这家伙说的话，没有抱太大的信心。她的决心通常不超过一星期就会自己破功。

“妈,你等着瞧！”一团下定决心的熊熊烈火,在夏大小姐背后燃烧起来。

本来不看好，但这一次我实实在在跌破了眼镜。

夏大小姐竟然开始规划自己的读书时间，她每天上学，有计划地温习功课，甚至约她妈一起运动。

一旦她完成了读书进度，有了空闲时间，便会和豪太的家人吃饭，作为犒赏让自己放松一下，也享受跟男朋友在一起的难得时光。

“自己安排时间没那么难嘛！而且这样的生活充实多了！我终于理解善用时间的心态了。”

河堤步道上，我们母女俩慢跑着，一边跑，夏绿蒂一边跟我说。

“什么心态？”控制跑步换气节奏，我问她。

“我的时间，我自己管，别人不要随便打岔。这种感觉很爽的！我发现，两个人真的不需要常常黏在一起。反正上学都会遇到，况且我们早已过了热恋期，早该彼此都有各自的独立作息。”

我心想，希望这样的觉悟，你能够继续维持下去。

成为时间主人的夏大小姐，对于自我主体意识的自信，也尚算复原。

她觉得自己和豪太之间的相处，不再单方面委屈求全，或者退而求其次，两人恢复相对自在、平等的对待。

她充分理解到，得到别人的善待之前，首先得要懂得善待自己，包括善待和尊重自己的时间。

在孩子的生命探索过程，父母要给予相对的耐性和时间，让他们寻找、摸索出自我的答案。

那样得来的答案，才是归属于他们本身的资产。

日子终于恢复难得的平静。

绿蒂和豪太两个孩子稳定地朝向各自且一致的目标前进。

我也得以稍稍喘口气。

然而，这样的日子并不长久，某天夏绿蒂放学回家，一进门就抱着我大哭。

“妈，张豪太劈腿，他竟然背着我劈腿！”

“怎么可能？豪太这孩子如此老实，是不是你搞错了？”我突然一阵头晕目眩。

亲爱的孩子们，为什么你们的状况这么多啊！

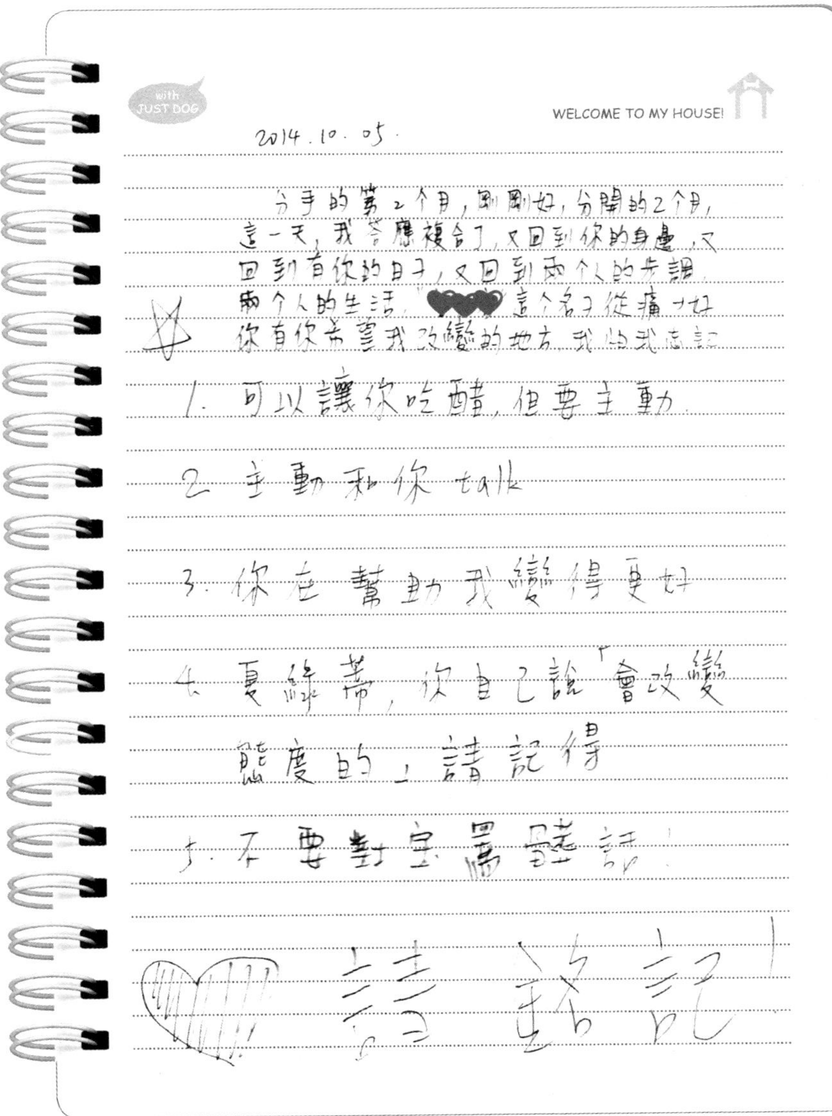
with JUST DOG

WELCOME TO MY HOUSE!

2014.10.05.

分手的第2个月，刚刚好，分開的2个月，這一天，我答應複合了，又回到你的身邊，又回到有你的日子，又回到兩个人的步調，兩个人的生活，這个名子從痛→好

你有你希望我改變的地方，我怕我忘記

1. 可以讓你吃醋，但要主動。

2. 主動和你talk

3. 你在幫助我變得更好

4. 夏綠蒂，你自己說「會改變態度的」，請記得

5. 不要對宝罵髒話！

請銘記！

复合第一天写的笔记，小家伙们还记得吗？

- *Chapter 10* -

# 劈腿也是一个重要课题

这是一个最好的时代，也是一个最坏的时代。

就寻求爱情而言，这个网络时代给了人们太多便利，也给了人们太多的诱惑，即使是十多岁的孩子，也面临着制造和拒绝机会的重要课题。

尤其是夏绿蒂和张豪太这样一对状况多多的小情侣。

“那个女生叫盈萱，是‘中兴’的资优生，已有男友，跟豪太是同一家补习班的同学。”

夏绿蒂一把眼泪一把鼻涕，巨细靡遗地说出对方的背景资料，甚至包括身高、外貌、家庭住址，以及历任交往过的对象。

其专业程度不亚于私家侦探，夏侦探将对方的底细全部摊在阳光下。

我震惊了！

除了震惊豪太这样的孩子也会劈腿，更震惊的是，夏大小姐，啊不，是夏侦探到底是如何能够把对方的底细，调查得如此详实？（女儿啊，这份能耐挪用一些到课业上吧，算妈求你了！）

“来，先深呼吸，我们将事情一件一件厘清。”

我倒了杯奶茶，让夏绿蒂缓和一下情绪。

“你真的确定豪太劈腿？问过他吗？他承认了？”

“他当然不承认！”夏侦探哭过的鼻音虽然有点儿重，但推理思路十分清晰，且态度坚定，“他说只是朋友。用脚趾头想想，你会每天跟‘朋友’频密地互传 LINE 吗？一下问她在干什么，一下问吃饱了没，各种款式的嘘寒问暖……这不就摆明了他对那女生有兴趣吗？”

“但他们没有真的在一起，不是吗？譬如说两人单独出去约会。”

“妈，这叫精神外遇！”

一阵嘶吼的热气往我正面袭来，那是一股夹杂受伤以及醋意的怒气。夏绿蒂说道：“他心里有别人，他怎么可以这样对我？”

我不由得一愣。

“你以前不也是这样吗？当着豪太的面，跟其他男生‘打情骂俏’地打电话，无视他的存在和心情。”我四两拨千斤，反问回她。

“我那是光明正大,是当着他的面跟别人说话的。他是——偷——偷——摸——摸——好——吗！”

“有什么区别呢？”

“当然有，区别是我不怕让他知道对方是什么人，而他不敢让我知道对方是谁！”

和夏绿蒂讨论与面对问题的对话中，我总是跳脱母亲角色，让她感觉正在跟好朋友聊天一样。这位朋友不会盲目偏袒她，也不会袒护张豪太。就是，扮演中间立场的调停人。

认真地听她说故事，也任凭她宣泄情绪。然后再从她的困局当中，予以引导，带她走上觉察自己盲点的路途，进而找出解决问题的方法。

整顿混乱，从迷雾窘境航向明朗状态，这样的聊谈逐渐成为我和夏绿蒂共同解决问题的方式。

具体步骤如下：聆听当事人的心路历程，整顿事件脉络，拆解并分析问题，最后提出解决之道。

我对夏绿蒂展开访谈，先来处理迷雾的第一层：心路历程、事件脉络。

“妈，女人的第六感真的很准！最近我老觉得豪太怪怪的，跟他讲话时总是心不在焉、眼神闪烁，敷衍了事地应付我。我心里直觉，他应该又开始想作怪了！”

夏绿蒂双眼蒙上一层水雾，继续说道：“今天在学校，他的手机放在我桌上，我顺手拿来玩游戏。没想到刚好有人 LINE 他，我一滑进去，就看到他们的亲密对话，我顿时就崩溃了！”

说到这里，情况旋即陷入紧急警报，夏绿蒂爆发一阵号啕大哭。

“我明白了！豪太一定是觉得跟我在一起是没有未来的。所以，他要找一个，以后是要跟前三志愿明星高中的女生交往。我只是他的过客，他

的未来根本没有我……”

夏绿蒂眼泪奔放喷射，鼻涕华丽挥洒，我准备来拆解并分析问题。

“嘿，等一下，你不是曾经说过，豪太只是你生命的过客，他绝不会是你的真命天子？既然迟早是要分手的，你大概多少也有了心理准备，不是吗？就算豪太真的劈腿了，事情也不过是比你预想的提前发生了，在于你愿不愿意趁机接受而已。回到没有男女朋友情感束缚的好友状态，也未尝不是坏事。”

极力安抚夏绿蒂心情的同时，我提出了第一个解决方案。

夏绿蒂悻悻地说：“我不可能原谅豪太！这一次他彻底激怒我了。他完全不在乎我的感受，就算被我发现了，他也没有安抚的意思。你看，到现在连一通电话都没有！”

有时候女孩儿的心思颇为复杂。表面上闹着要分手，心里头想的却是希望对方打电话来解释、道歉、安抚。

那晚，电话铃声迟迟没有响起。

随着时间一点一滴流逝，夏绿蒂的崩溃指数愈发高涨。

“关于是否要和豪太分手，我们先放一放，留在最后讨论。倒是有一件事，我们需要先谈谈，那就是尊重别人的隐私权。”

“隐私权……”没想到话锋一转至此，夏绿蒂不由得一愣。

对，隐私权，这是另一件我在意的事情，甚至要先于豪太劈腿。

现在，我要来解决这件事。

我非常尊重孩子们的隐私权。她们的信件和日记，如果不愿意跟我分享，就算是放在我面前，我也不会看。孩子用我的手机上社群网站，她们和朋友之间的对话，我同样跳过。

老公的手机更不用讲。我绝对不会看他的手机讯息，就像他也不得看我的一样，这是一种尊重和信任。

一旦我们不尊重这道界线，即便是家人，也会因此变得尴尬、别扭，甚至可能产生裂痕。

关于这点，夏绿蒂非常清楚我的作风一向如此，她自己也相当重视自己的隐私。

她读小学四年级的时候，爸爸曾翻阅她的日记，当时她怒不可遏，直言不原谅爸爸。我决定从这件事情说起。

“记得你爸曾经偷瞄你的日记吗？你抓狂的程度不亚于现在。易位而处，假如今天是你搞劈腿，豪太偷看你手机，发现此事并质问你，你会先跟他理论的是哪件事？”

听我这么一说，夏大小姐完全冷静下来。她终于意识到，自己做了件很糟糕的事。

“妈，如果张豪太偷看我的手机，我应该会气到弹起来，直接撞上天花板。我会质问他，为什么偷窥，凭什么侵犯我的隐私？”

易位思考，是我和夏绿蒂长久以来建立的沟通模式。

我不会一下就要求她脱离本位思考，每个人都需要站在自己的角度发泄。尽管一时有所盲点也罢，重点是同理心的陪伴，以及给予对方一份理解的依靠，告诉她“我懂”，尤甚重要。

通过易位思考的练习，我要让绿蒂学到，不能任何事情都自顾自觉得是委屈方、受害者，并且论述对自己立场有利的说词，那其实是“野蛮的理性”。重要的是，凡事能够回到自省检讨层次，不论遭遇是好是坏，都不容易陷入盲点与偏见，人的成长与格调也将会更为提升。

东方和西方社会最大的差异，在于后者对于隐私的高度尊重。

直到如今，华人社会的隐私权观念，仍旧非常落后。很多人没有意识到侵犯隐私这种事情很糟糕，轻则是道德层次问题，重则属于违法行为。

作为网络时代小孩的父母，培养他们建立隐私权概念，我们责无旁贷。并且，我们不能有双重标准：别人不准侵犯我的隐私，但我却可以侵犯别人。

我对夏绿蒂说：“要打电话给豪太吗？两码子事，你应该为偷窥他手机而道歉，但不代表你要继续跟他在一起。若是要决定分手，那么你就提吧。”

历经一番挣扎，夏绿蒂决定传 LINE 给豪太。

“很抱歉豪太，我不应该侵犯你的隐私。但，也很抱歉，关于你的交往状态，我暂时无法原谅。我们分手吧！”

豪太立刻回传讯息：“蒂蒂，一切不是你想象的那样，我可以解释，我们不要再分手了好吗？”

两位小情侣这样你来我往好几回后，豪太敌不过绿蒂的攻势，眼下似乎也唯有分手一途，才能浇熄她心中的愤怒。

所有爱情都是一样的：容不下一粒沙。

尤其是年轻的爱情啊。

此时此刻，豪太应该觉得夏绿蒂的情绪莫名其妙。或者，他压根儿不觉得那算是劈腿。

简言之，他只是想给自己制造更多的机会罢了。

孩子们想要扩大交友圈本来就没什么不对。只是，究竟是抱持什么样的心态，是单纯交友还是别有居心，这点着实比较难以判别。

但孩子们都还年轻，他们需要通过经历、学习、摸索、成长，才能体悟更多为人处世、人情分际的道理。

历经过上一次失恋分手的疯癫状态，夏绿蒂这回显得坚强许多。没有太多眼泪，心情也大致稳定。不过她能言善道的宣传能力，让豪太这桩疑似劈腿案，成为班上的热议话题。

对于豪太，她这次采取了不理不睬的态度。

豪太曾经几次试图向她解释、示好、撒娇，她一律不买单，直到豪太自讨没趣地走开。

当绿蒂跟我分享她这样的冷处理方法，我问她："一定要这么残忍吗？"

"没有办法，我必须要让他知道，劈腿是需要付出代价的。这回和豪太复合，我拒绝了所有被追求的机会，连以前我暗恋的人跟我告白，我都婉拒了。但他却用这样的方式回报我！真的是莫名其妙，我在拒绝机会，他却在制造机会。"

冷战期间，怀着强烈报复之怨，夏大小姐使尽心思，让豪太在同学面前受尽难堪和尴尬。

为什么要这么做？

她的说词可是冠冕堂皇："我是在帮豪太未来的女朋友呢，训练他成为好男孩，不然他就会变成惯犯、累犯！"

"说得头头是道，你是在帮自己吧？根本就还想当豪太的女朋友。"我促狭地说，"没关系，你们如果再复合，妈妈不会笑你的。不过，至于你的好朋友们，我可就没有把握啰！”

“不可能啦！妈，你不要诅咒我。”夏绿蒂用高八度音量回我话。

也是在这个时候，夏绿蒂和隔壁班女同学叶敏葶，成为无所不谈的好友。

敏葶是清瘦而成熟的女孩，有过几次恋爱遭遇男友劈腿的经验。当她发现学长男友劈腿，毅然决然斩断三年的感情。

如此，算是和夏绿蒂有了相同的经历。

而且，敏葶跟豪太也极为熟识。当彼此认识的对象变成共同敌人（劈腿臭男生），可以想见，一起咒骂数落豪太，成为两位小女生的犀利话题。

另一边，豪太也经常和敏葶在网上聊天，会不时表达对绿蒂的关心。

如此一来一往的密集情报，两位女孩儿的友谊急剧加深。

冷战的戏码上演一个多星期后，夏绿蒂仍未收敛，班上同学对于这场“二次分手”已开始显现疲乏。

我不断奉劝夏绿蒂不宜过分嚣张。

毕竟豪太又不是犯了什么滔天大罪，停止对他的多番折腾，大家还是可以好好当同学。

夏绿蒂的反应是：“妈，烂人最不需要的东西就是‘原谅’！”说毕，转身又再跟叶敏葶重复咒骂豪太。

瞧瞧这口是心非的夏大小姐,嘴巴说要完全将张豪太踢出自己的生活圈,实际上,却乐得在豪太的世界里打转而不自知。

豪太被夏大小姐冷落、折磨的这段时间,原本有些意兴阑珊,甚至有点儿受伤,感到屈辱。但是,若真要放弃,豪太心里其实万分痛苦。

于是他再度试图重新挽回。

他写了一封长长的信给夏绿蒂,他坦承,自己终于明白,他这种制造机会、不懂拒绝机会的行为,给绿蒂带来了莫大的伤害。

那晚豪太打电话来,夏绿蒂终于接听。

两人在电话中长谈了将近三小时,这位夏大小姐再度心软了。

完全被我料中!知女莫若母。

“妈,完蛋了啦!叶敏葶知道后,一定会杀了我!”完全没有复合的喜悦,临睡前夏绿蒂惊恐地对我说。

“友情和爱情,很多时候年轻人都会背弃好友,飞蛾扑火般选择一时的爱情。你自己好好去解释吧。”我回道。

我在等着看好戏呢,夏绿蒂。

- Chapter 11 -

# 可以将恋爱当成竞赛吗

有了之前的经验，夏绿蒂和张豪太的再次复合显得极为低调。因为班上同学言犹在耳，脑海里还戳印着昨天夏绿蒂私下疯狂咒骂豪太的音浪。

犹如昨日啊！

不对，真的是昨日！

怨恨咒骂与甜蜜复合之绝地大逆转！

想当然尔，下课后总跟夏绿蒂混在一起，几个交情相好的同学，获悉复合消息时，每个人都再度惊呆了！不过，他们很快就将掉下来的下巴，收回平常所在的地方，且迅速恢复冷静。

他们熟识的夏绿蒂，就是这样的夏绿蒂。

永远不按常理出牌，永远会有新话题，永远游走于悲欢起伏之中，享受着……非一般惊涛骇浪的人生。

过了几天平静的日子，有些敏锐的同学观察到事有蹊跷，私下里纷纷议论起来。

不过，碍于和夏绿蒂的交情，大家也就睁一只眼、闭一只眼，表面上都装作没这回事。

唯有一个女生，她无法容忍眼前发生的一切。

她原本是夏绿蒂的好朋友，但她比绿蒂更喜欢豪太。甚至，她的目标就是要和豪太考上同一所明星高中，希望以后也能够近水楼台，延续缘分。

这女生纤细敏感，但其实又有些傻大姐个性，大家都挺喜欢她的。

她原本也常到我们家里来玩，是一个温顺文静的小女孩，夏绿蒂走到哪儿，她就跟到哪儿。

我带绿蒂上运动中心，她也会一块参与。

孩子的朋友，我都视他们为朋友，让他们没有拘束、自在地和大人相处。

当然，女孩们若有悄悄话要说，我们便识趣地把空间留给她们。

绿蒂和豪太第一次分手时，女孩每天紧贴跟着绿蒂，给予关心陪伴，分担喜怒哀乐。绿蒂很感谢她。

但是有一天，绿蒂放学回家，看起来闷闷不乐的。

我问她有什么心事，她才幽幽地说："妈，我不知道，原来黄辰歆这么喜欢豪太。早知如此，我就把豪太让给她算了。我不想跟别人抢。"

绿蒂的心思，为娘非常理解。

她从小就是不喜欢凑热闹的孩子。一群小孩抢饼干，抢糖果，抢礼物，她就会呈现“众人皆抢我不要”的姿态。

因为她发现，抢到很多糖果并不会让她特别开心。她很快地察觉到，那些抢不到、抢输了的小孩失落的眼神。她受不了他人的难过与落寞。

于是，她旋即将手上的糖果分给大家。

“分享”让她感到的愉悦程度，比“抢赢”来得更高。

本质上，绿蒂这孩子就是不喜欢竞争气氛的人。

小学时，夏绿蒂参加学校运动会 100 米赛跑。

小选手们在预备区报到，大家都兴致勃勃、斗志高昂，只有她一副了无生趣的模样。

那场比赛她夺得第三名铜牌奖（也是迄今她唯一的运动奖牌）。颁奖结束，我给她献上恭贺和拥抱，她脸上没有一丝喜悦表情。

回到家后，我还在为女儿拥有人生第一面运动奖牌而满心欢喜，冷不防夏绿蒂一声棒喝：“妈，你真觉得，比赛有任何意思吗？”

“意思？”沉醉于骄傲和喜悦中的我顿时傻住了，一开口就像绕口令一样反问她，“你说的‘意思’，是什么意思？”

“你不觉得很蠢吗？”

蠢？什么！这是在骂我吗？

夏绿蒂接着说："我根本就不想比速度，我还宁可比耐力。但是，大家就是硬要热衷于比赛速度。因为这样最简单、最省事。你们大人，竟然会被这种无聊的比赛搞得那么开心。我根本就不是什么短跑专长的人，这次得奖也只是刚好大部分对手比较弱而已。这个比赛对我有什么意义？我不懂。这个奖牌，也不代表什么。"

果然是在骂我！

你这死小孩，火辣辣的无形耳光，赏在为娘脸上。

我竭力维护当娘的优雅，"镇定"地跟她讨论。

"既然如此，你为什么要参加比赛呢？比赛，就是要展现运动员精神与风范，全心投入竞赛。胜不骄，败不馁。除非你选择不参加。"

"我不是不想比赛，只是不想参加这么不用心设计的比赛。可是没办法，学校规定每个人都得参加啊！"

夏大小姐竟然得了便宜还嚣张，她继续发表伟论，完全没有察觉她娘的优雅正在抽搐。

"谁规定比赛一定要比快，为什么没有'比慢'的项目呢？让不会运动的孩子，也可以参加，让他们也能够得到鼓励啊！"

有时候，夏大小姐的逻辑，真的会让我发疯！

虽然她是我本人亲自生产出来的，仍然忍不住狐疑：你真的是我生的吗？

从小，为娘我可就是个热爱竞赛的人。田径、球队、柔道、合唱团等，我都会参加，还经常穿梭在各种比赛场域之中。比赛规格更是从班级、校际、乡赛、县赛到省赛都有，四处征战可说是我中学时期的写照。

我喜欢竞赛诱发肾上腺素的刺激感，我喜欢遇到强敌激发高昂斗志，我更享受勇夺冠军的胜利滋味！

我认为，竞赛游戏是文明社会召唤人类远古时代野性的体现：弱肉强食、适者生存。这是达尔文进化论中，所说的物竞天择观念。

可是，我的夏大小姐竟然想改变竞赛规则——比慢。

慢着……

为什么我从来没想过这个问题：比慢？

我们为什么不能比慢……？

心中泛起一阵波澜，亲生女儿如此的逆向思考，给了我冲击，我竟不由得认真琢磨起这个想法来。

究竟是我入世甚深，早已一身世俗戎装，体内浮游无数功利的瘾而不自知？抑或一切根本是夏大小姐为了不想竞赛，想出这等长篇大论、似是而非的逻辑，在那边给她娘项庄舞剑？

现代的竞赛规则很愚蠢？如此狂妄的说法与质疑，可知会得罪多少人啊？

但是，不得不承认，绿蒂的思维，的确经常刺激着我。

说这番话的她，还是小学生。我想她的重点不在于狂言羞辱竞赛的人们，她心底关怀的是，那些被竞赛排挤在边缘或外头，抑或没有竞争筹码、条件的人。她痛恨条件资本论。

某种程度而言，她让我用更宽广的思路和角度，去思考和审视世界。

思索至此，我先前的狐疑一扫而空。

夏绿蒂果然是我的亲生女儿。她身上流淌着为娘的侠女血液，伸张正义、关怀弱小的细胞，遍布全身。

不过，因为黄辰歆很喜欢张豪太，于是夏绿蒂萌生退出“豪太女友”的竞赛，完全符合她的行事风格，却不符合感情的关系逻辑。

“把豪太让给别人？”

我看着绿蒂一副从容就义的样子，真是哭笑不得。

“豪太又不是玩具？你如何让给别人，你凭什么把他让给别人？况且，你有问过豪太的意愿吗？如果他知道你竟然私下要把他给‘转让’，应该会气到疯掉吧！另外，你这么做，对黄辰歆又很尊重吗？你是在恩赐、赠送她一段爱情吗？”

经我一连串的提问，绿蒂突然明白，这件事情还有这么多角度可去思考，她也有所顿悟：爱情不是礼物，无法让渡，也不可交换。

原来，黄辰歆在绿蒂和豪太第一次分手期间，每天晚上都会跟豪太热线聊天。

她和豪太唯一的话题就是：夏绿蒂。

白天，她观察绿蒂的一举一动，晚上就以此为谈资，和豪太聊得十分频密。

有一天黄辰歆终于受不了了，问豪太可不可以让“夏绿蒂”消失在他们的对话里。

结果豪太的回答是：“那我们要聊什么？”

这句话冷冽刺痛，黄辰歆倍感受伤。但她并不责怪豪太，对绿蒂的醋意却急遽加深。

黄辰歆的这番心思，绿蒂是在第二次跟豪太复合后才知道的。

原来黄辰歆一直想成为张豪太的女朋友。

尽管如此，绿蒂却没有因此而排斥黄辰歆。

绿蒂的论点是：喜欢一个人没有错。虽然黄辰歆喜欢的人是自己的男朋友，她对绿蒂的亲近别有心思是一回事，但“喜欢一个人”的本质，绿蒂认为是在情理之中，她愿意理解和体谅。

在爱情的竞赛里头，夏绿蒂曾自以为是，想要将豪太“转让”给黄辰歆。

好朋友原来是情敌，换个人可能会兴风作浪，夏大小姐倒是心宽。

那么，这场爱情的竞赛游戏，会让夏绿蒂理智线绷断的，究竟是什么？

是那个疑似豪太劈腿，导致他们第二次分手，叫作盈萱的优秀女孩。

夏绿蒂崩溃，不是因为出现了第三者。她真正在意和痛恨的是，盈萱所代表着的，是世俗中人们所认定的“条件”。

“妈，成绩真的代表一切吗？豪太一直期待交往成绩优异、相貌姣好的女生。我成绩这么烂，未来不可能同校，我们注定无法长久在一起！”

我的乖女儿，你到底在意的是豪太追求“条件论”，还是你们未来无法长久？

我固然明了，学生时代的爱情，绝大部分都是彼此的过客。

像绿蒂、豪太这种年岁的爱情，其实就是一个磨练过程。学习认识别人，学习让别人认识自己，更重要的是，学习分手来累积丰厚的受挫力。

倘若能够从中发现自己的弱点，进而认识自己，提升自己，那是再好不过。

绿蒂和豪太这对小情侣能不能长久走下去，不是我能左右的。我仅能在旁，协助他们如何应用智慧解决彼此的爱情难题。

面对爱情竞赛条件论，夏绿蒂算是勇于倾听自己的内心声音，敢于和脆弱的自我对话的。

在现代人眼中，以社会条件的“竞争力”来看，豪太这孩子应属百分之百达标，而夏绿蒂则是诸多项目指标都不及格。

老实说，我有时会羡慕豪太爸、豪太妈。他们的独生子，从小立定志向要走科学之路，爱运动，课业好，思路清晰，行事稳健，同时还拥有群众魅力、领导能力，相当优秀。现在的孩子们大多比较自我，但他和一般孩子很不一样，懂礼貌，分尊卑，是知晓进退应对的乖孩子。

相较之下，夏绿蒂的思想天马行空、狂野奔放，对于许多制度和规矩，往往难以遵循。

这对小情侣，条件着实悬殊。

重要吗？还是其实一点儿都不重要？

这，唯有当事人才能说准。

有一回，那是在“盈萱事件”后，他俩复合已经过去了一段时间，豪太到家里来玩。

那天豪太边弹吉他边唱着歌，气氛相当放松。

我煮了一壶浓郁香醇的奶茶给豪太，趁机跟他聊谈。

“豪太，你对未来的想象是什么？”我问了一个很抽象的问题。

“未来？我想要去美国念前五大的名校。最好能在那里找到一份好工作，然后在美国定居生活。”

“就这样？”

“是啊，就这样！”回答得毫不迟疑。豪太露出灿烂笑容，眼神绽放光芒。

他原本应该预期我会称许不已。

可是我知道，这孩子最不缺的就是称赞。反之，他需要的是提醒。

“豪太，你刚才所想象的是提升自己的竞争力，把自己过得好。但是，人生的生命目的，还有很多事情要学，包括如何助人、利人，对吧？”

“好好地做我自己，不造成社会负担，就是助人了啊！做好我未来的工作，就是利人了啊！”豪太不假思索地回答我。

豪太的想法的确是切中现代社会的主流价值。

他期待自己有社会竞争力，成为社会精英，一心向精英之路迈进。他告诉我，美国式生活、上流精英社会、充满生气和竞争力的工作环境、愉悦享受的度假模式，是他心向往之的未来憧憬。

我对豪太这孩子的未来，深具信心。

我的头开始疼痛起来。因为我回头去问夏绿蒂，这位大小姐对未来的想象，让为娘惊吓万分。

她的憧憬是：把自己嫁入豪门。

我简直不敢相信，瞪着她，两颗眼珠子差点儿夺眶而出。又以为自己是不是一时听错了，耳朵坏掉了。

这算是哪门子的未来生活蓝图啊！

根据豪太的逻辑，他想要选择更为匹配的恋爱对象，无可厚非。

因此，豪太不断给自己制造机会，是可以被理解的。

说得不好听，这种骑驴找马的恋爱心态，确实会让当下跟他在一起的女友受伤。可是，若不经由各种整体评价的过程，他又要如何确认，什么样的女生才真正符合他心中的理想对象呢？

因此，每隔一段时间，豪太的状态就会出现松动。

这是他摸索和寻觅的必然反映。

没有人是完美的恋人。

更何况，像他们这般稚嫩的年轻孩子。

恋人之间，必须愿意彼此不断学习、突破。

从这一方面来说，绿蒂和豪太可算是棋逢对手，他们总是经常给对方制造难题。

距离会考还不到一个月，新的难题又闪亮登场！

夏绿蒂的画作《情人》。

- Chapter 12 -

# 预约 30 天后分手

这一天，夏绿蒂在家念书时，突然边读书边哭泣。

我的天啊！你又怎么了？

“妈，豪太这段时间不断跟我说，等初中毕业后，我们就‘理性分手’，希望未来能好好当朋友。他会不会太自私啊？他只是想要我陪他度过会考这段时间而已！所以我是他的‘倒数 30 天女友’是吗？他有病吗？”

为娘我深感疲惫，你们到底是要将歹戏拖棚到何时啊？

我冲口而出：“绿蒂，你们分手吧！豪太是真的想在毕业之后展开新的人生。你呢，又没办法考上明星高中，你们一定会分道扬镳的。你——是——他——的——绊——脚——石——啊！”

夏绿蒂愣在了当地。

我一时之间心中刺痛不已。

为人父母，我们通常都只会检视、评断、审视甚至挑剔别人家的孩子，质疑别人到底够不够格跟自己的小孩交往。

很久以后，我还是难免会不小心提及夏绿蒂曾经交往过中辍生。

她也总会自嘲地说："往事不堪回首啊！"

她希望可以删掉那段交往记录，像清除硬盘空间一样，直接格式化，一切了无痕迹。

相比之下，我们很少会觉得自己的孩子不够优秀，也从未想过一件事：我们的小孩是否在"高攀"别人的孩子。

直到有一天，当自己的小孩被别人嫌弃时，你才惊觉，原来我们家的宝贝儿子、掌上明珠，实实在在地，也得接受他人的审核和挑剔。

这种滋味可不好受。

就在高中升学会考前一个月，豪太郑重其事地跟绿蒂说，两人初中毕业后就和平分手。

理由是：我们即将念不同的学校。

豪太考取明星高中绝对不成问题，从此再往精英之路前进一步；夏绿蒂则是，摆荡在私立高中或职业学校之间。

他们俩，求学之路铁定分道扬镳了。

看来，爱情的旅程，豪太也准备各自分飞。

夏绿蒂历经一次又一次和豪太的分合，对于他这种倒数计时的爱情关系，虽然感到火大，却也迅速恢复平静。

在我看来，夏绿蒂虽然性格暴烈，但她的爱情 EQ 明显提升不少。

会考将至，绿蒂已经不想花任何力气改变，包括吵架、辩论、揭发豪太的私心等。

她选择默默放淡彼此的感情和关系。

她信誓旦旦地对我说：“妈，我要展开一个全新的复仇计划。”

“复仇？复什么仇？听起来挺吓人的。”

“别激动！没有啦，我只是想要小小教训一下张豪太。但不是现在，目前我没有时间理会他，我要专心准备考试。”

看来，时间的压力会让人高速成长。

“要专心准备考试”几个字竟然从夏绿蒂的嘴里说出，宛若天籁，何等悦耳，叫人备感欣慰。

尽管起步着实太晚，会考已经迫在眉睫，是否能扭转乾坤，委实不好说。

无论如何，夏绿蒂拿起爸爸以前的笔记活页纸，开始认真做笔记了。

荒废了两年多的课业，仅靠最后 30 天冲刺，能否创造奇迹不敢妄想，倒是夏绿蒂整理笔记的能力，让我刮目相看。

撷取重点，分类归纳，撰写心得，夏绿蒂有她自己做笔记的独门招数。

不是为娘我偏心，她的笔记已经成了同学们争相影印的另类讲义，这也是她愈读愈有成就感的动力之一。

关于如何应对考试：文科方面，她准备杀无赦，全面冲刺；至于理科，她的策略是保持平均水平就好。

我无法帮夏绿蒂念书，唯有每晚陪她在书房复习，成为她重要的后援部队，后援工作包括：替她泡奶茶，煮热汤，准备夜宵。

正所谓：实力靠自己，食力就靠老妈吧！

终于，我们家的书房再度复活了，空气中弥漫着肃穆的战斗气息。

我是个容易心满意足的母亲。

一向视念书如粪土的夏大小姐，平日要她复习功课简直比登天还难。如今她自动自觉，发愤图强，乖乖地坐在书桌前卖力苦读，堪称我们家波澜壮阔的奇迹景观之一。

这绝对要写入家族史里头！

只是这样的奋进日子，有时会被打断。

就是当豪太再度提起那套毕业后就分手的说词，夏绿蒂平静的心情就会泛起涟漪。

豪太在考前最后阶段，基本上已经呈无书可念的状态了。

读书对他而言，真的是件轻而易举的事儿。如果一切正常，他一定可以考上前二志愿。心底理想的明星高中，已然向他招手欢迎。

反观夏大小姐，想考进公立高中，肯定比拉一头牛上树还要勉强。若是上得了一般私立高中，大概也不会是排名前端的学校。

无论如何，就看她的努力会产生什么结果，以及命运将对她有何种安排。

关于这两个孩子的爱情进入倒数计时之事，坦白说，为娘我的确为夏绿蒂感到忿忿不平。

我心想：这小子会不会太势利，也太无情了？难道准备一毕业就去追求其他女生吗？

不过，退一步思考，觉得豪太这孩子也算是挺老实的。

他把心中的念头，一五一十对夏绿蒂全盘托出。这么做，也许比暗中盘算，突然提出分手来得好些。

也算是，给绿蒂做了最好的心理建设。

绿蒂毕竟只是个15岁的孩子，面对豪太总有意无意地提及“倒数分手”，并不理解他的用意何在。

有时夏大小姐气不过，就会故意当着豪太的面，称赞班上哪些男生的品性好、为人端正、做人有道义等，似有若无地把豪太比下去。

这么做会让豪太火冒三丈。

豪太生气时，会将自己反锁在房间，任凭豪太妈如何敲门，死都不开门。

听到这些的时候，绿蒂心里就会开心得放烟火，觉得豪太简直幼稚得像个小鬼头。

豪太偶而情绪暴走，竟然成了夏绿蒂的小确幸，也是一种难登台面的怪趣味啊。她甚至还趁机在豪太妈面前，聊起豪太劈腿、毕业分手的事。（女人心机啊！）

这对小冤家，花招层出不穷，戏码推陈出新。我想，豪太妈应该跟我一样，有点儿受不了了吧？

我和豪太妈的缘分很巧妙。

我们初次正式碰面，是在小情侣第一次分手时，九年级开学前夕，学校举办家长日的场合上。

学校各科老师报告完毕后，家长们都直接奔向导师，详细询问关于会考的种种细节。唯独我跟她两人坐在原位，两人相顾一笑。

豪太妈是老师，对豪太的身心训练，有自己的一套方法。她给孩子极为开放的思想教育，以及足够自由的成长空间。

先前绿蒂经常去豪太家玩，豪太爸和豪太妈也时常请她吃饭，非常照顾绿蒂。夏小姐和他们都混得很熟。

豪太妈是在事情经过一段时间后，发现绿蒂很久没出现，盘问豪太才知悉小情侣已分手的。

豪太妈满怀歉意地朝我走过来："你好，你是绿蒂妈妈？我是豪太的妈妈。"

对我们两个妈来说，以分别是彼此孩子前任男女朋友的母亲身份，打起招呼来可还真有点尴尬。

孩子的事，大人是无力介入的，也不需介入。

这点共识，豪太妈跟我持有一致的态度。

我坦率地跟豪太妈说，绿蒂这段时间的确很辛苦，但这是她必须承担的。

要和豪太一起修恋爱学分，当然就得承受分手的痛苦。而绿蒂也理解，谈恋爱不能耍赖，得充分尊重对方的决定，无法勉强。

只是当妈的，必然会有点儿心疼。

小情侣闹翻，还有一位大人心系他们的爱情。

那就是夏爷爷。

夏爷爷仍旧如常在冰箱上层制作很多冰块。

他说："豪太不来，冰块滞销了。"

话语中有种莫名的感伤。

豪太每次陪绿蒂放学来到我家，第一件事就是打开冰箱，取出冰块，咬着吃、含着吃，各种怪吃法都有。

夏爷爷知道豪太喜欢冰块，于是冰箱上层总有源源不绝的冰块。

尽管豪太不来了，夏爷爷还是让冰箱的冰块，随时保持“供给过剩”的情况。

他说，总有一天豪太会来的。

如果说，豪太对绿蒂的外显行为有什么影响的话，大概就是吃冰块的习惯。也是，两位青少年个性都那么火爆，只好用冰块来降降温，冷静冷静啰！

奇怪，又不是我谈恋爱，和豪太妈交换心得的过程中，我竟然有点儿感伤。

我告诉豪太妈，豪太教会绿蒂一件事：一个懒惰的人，只能和懒惰的人兜在一块；勤奋的人，就会和勤奋的朋友成为伙伴。

这是物以类聚原理。

那么长时间里，绿蒂自己不上进，天天看韩剧，浑浑噩噩虚度光阴，也难怪会被嫌弃。

如果绿蒂从分手中体悟到“要上进”这件事，第一个要感谢的是豪太。

“这是真心话。”我对第一次碰面的豪太妈这么说。

家长日现场的教室里，所有家长神情紧张地谈论着孩子的课业程度、上

哪个补习班比较好、未来升学前途等话题。我这个妈却和绿蒂已分手的男友妈妈，讨论着关于爱情成长的课题。

忽然间，一位妈妈兴冲冲地走过来，对着豪太妈说："你们豪太好棒喔！成绩真好！他理化是在哪一家补的？我女儿也想和豪太上同一家补习班。"

豪太妈优雅而客气地回答："补习班都是豪太自己挑选的，我完全没在管。所以，要不要请孩子自己去问豪太呢？"

后来，我才得知，原来那位妈妈就是绿蒂原本的闺密黄辰歆的母亲。

黄辰歆很喜欢豪太，在绿蒂和豪太分手的时刻，是豪太得知绿蒂重要情报的来源。

三位妈妈很巧地，在那一天，同一个空间里，因为彼此小孩的关系，牵引着某种程度的亲密，聚首聊谈起来。

好像有点儿奇怪，但又理所当然。

绿蒂和豪太在初中最后一年，也就是九年级时，历经了两次分手。豪太又在升学会考前夕提出"毕业分手约定"。

我不断告诉自己，尽可能脱离母亲角色，公允地看待小情侣之间的处境。

说真的，很难，但我必须客观。

某一天，绿蒂语重心长地对我说："妈，我终于明白，让我最不爽的痛点是什么了。我们现在还是中学生，大家都没有什么社会地位可言，也没有特别的经济和阶级之别。选择爱情的对象，一般来说，其实就是凭直觉，看感觉。你跟谁谈得来，来自你内心的真实感受。或许多少会在意外表长相，但家庭背景、个人条件等，通常比较不在考量范围内，就是单纯的喜欢。豪太一直梦寐地想追一个条件好的女孩。简单地说，是在学历资格上，跟他能匹配的人。这就是势利眼，他就是一个爱慕名利的人！”

夏绿蒂满嘴高论，说得头头是道的，我差点儿忍不住要给她拍拍手。

且慢，她所说的，是从她单方面的观点出发，是狭隘、圈定立场的论点。

我很庆幸在她这样雄辩的前提下，依然保持着清醒。

“你之所以不是这样的人，有一个现实条件是，因为你根本没有机会做这样的人。夏绿蒂，你就能保证，未来如果你念名校，你就会愿意跟一个学校等级比你差的男生交往？”

绿蒂没有回答。

我很庆幸没被绿蒂的言论影响。

因为她的论点，其实是我最原始的想法。但我自知，这样去论断豪太，对他是不公允的。

会考愈来愈接近了。

绿蒂严格遵守着自己制定的“三不政策”：不接触、不动怒、不分手。

以前下课后，她有时会和一群同学去豪太家混一两个小时，现在会立即回家复习功课。

一来她认知到，时间已经所剩不多；二来她不想成为豪太可有可无的消耗品。

“为何不干脆分手算了？”我问她。

“我也想啊！但是大张旗鼓地搞分手，接着又是一番拉扯，我已经厌倦了。先就这样吧，反正也没差啊！”

看来夏大小姐逐渐长大了。

她开始懂得评估态势，拿捏分寸，不再一味不顾一切地冲动行事。

我正暗暗在心里为她点赞，不料她却冷不防来了一句：“妈，豪太想怎样，就随他高兴去吧。我绝对会让他后悔的！”

语调平淡，态度冷静，却张力十足。

我听了一阵哆嗦。

这孩子到底在酝酿着什么样的预谋？

此时此刻，我有些后悔了。

真不应该指导夏绿蒂那么多恋爱招数。不知不觉中，她的功力似乎正在以惊人的速度增长中。

自古有云：“慈母多败儿。”

我向来不走慈母路线，走的是恋爱教母导师路线，我却也败了什么吗？

凝视着绿蒂复习功课的背影，莫大的不明所以，突然笼罩了我的心。

夏绿蒂整理笔记的条理，“遗传”了她爸的读书诀窍。

- Chapter 13 -

# 谈恋爱也是要考试的

当初刚升格为父母时，我最强烈的警惕意识就是，千万别养出“妈宝”小孩，我的观念是：独立是父母给孩子今生最重要、最迷人、最珍贵的礼物。

理由如下：

一来，父母不可能照顾孩子一辈子。香港人有句俚语：养儿一百岁，长忧九十九。意思是，父母对小孩永远都有担不完的心，所以……反正是担不完的心，我的思路是干脆就早点儿放手让他们飞。

二来，我太懒了（夏绿蒂说这条才是重点）。我的孩子，自然也得练就独立本领。

这些年来，我们观察到一个有趣现象：凡是父母亲过于勤劳，孩子必定懒惰，某种程度就容易变成“妈宝”。

请别误会，我从没有鼓励父母亲偷懒、不用心、放牛吃草，而是觉得，适时让孩子学习独立自主对各自来说都是好事。

对课业没什么上进心，也从不以无上进心为耻的夏绿蒂，最引以为豪的事只有一样：她绝对是个独立性高，自主能力强，懂得处理各种危机的孩子。

她自封“独立公主号夏绿蒂”，对那些娇柔羸弱、嗲声嗲气的小公主从来是不屑的。永远以一副英姿飒爽、威风凛凛的形象，走跳在同学圈之间。

然而，“独立公主号夏绿蒂”深入民心、持之以恒的完美形象，竟然差点被她爹破功坏事！为此她气愤不已，准备给我们上演“拒绝会考的小女子”。

一向自认心脏硕大坚强的我，被她吓得一颗心快从嘴巴里跳了出来。

我只能说，夏绿蒂从来不吝于给我们制造无穷无尽的“惊喜”。

会考前几天，校方带孩子们去熟悉考场，有个心理准备，好让他们在正式考试的时候，不至于手忙脚乱。

在考场时，同学们讨论起家长陪考的话题。夏绿蒂极为不屑地说：“干吗要陪考啊，你们是‘妈宝’吗？”

同学们纷纷表示无奈，父母硬要陪，只好乖乖就范。

看着同学一个个紧张模样，绿蒂开始大放厥词：“我绝对不会让家长来陪考。抵死不从！他们来干吗？只会徒增考试的困扰而已。”

夸下如此豪语的夏绿蒂错估情势，她的盘算和夏爸爸想的不一样。

说起来，我们不得不谈一谈台湾的“会考”。台湾中学现在所称的“会考”，其实跟以前的“联考”制度相仿，也就是大陆的“中考”。

考上排名前三的高中，意味着孩子上排名前五的大学概率较高。反之，上的高中不好，将来上好大学的可能性也越低。真的是“一考定终身”的年代。

当年台湾“联考”最流行的一件事，就是全家总动员去陪考。

考试那两天，整个考场外几乎都被家长占满。每位考生有如拳击选手，一退场，所有陪考的家庭成员蜂拥而上，对考生进行疯狂补给。

7 月考季，时值盛夏，妈妈倒水，爸爸扇风，妹妹遮伞，弟弟拿冷毛巾，所有的人第一句话都是：“考得怎么样？还好吗？”

紧张之情不亚于战场。

夏绿蒂老早就跟我预告，禁止我们前去陪考。她说，考试那两天，豪太的妈妈中午会带他们出去吃饭，让我们几个优哉游哉，做个卓然独立的考生家庭。

老实说，不用去陪考，我倒乐得轻松。我知道绿蒂很独立，她不喜欢大人在旁问东问西。

但，她爹可不是这样想的。

“我们怎么可以错过绿蒂生命中最重要的时刻呢？”夏爸爸感性地说。

绿蒂一直拼命翻白眼。

“这又不是生死别离，一定要搞得大张旗鼓、浩浩荡荡吗？我说不要来，就是不要来！”丝毫没有让步的余地。

那晚父女俩的对话，极不融洽。

夏爸爸完全不知道，女儿已经对全世界宣布，她坚决不会有家长陪考。

陪考就是“妈宝”吗？

夏绿蒂认为是，但她爸妈觉得不是。

按照她的标准，我们那个年代的孩子，个个都是“妈宝”。

其实不然。

我们那个年代的孩子，离乡背井上大学，爸妈基本上不会陪伴。

艰辛的年代，父母忙着讨生活，让一家人吃饱穿暖，根本没有太多闲工夫深究小孩的事。孩子自然而然就很独立，自己上下学，自己料理生活。

当时的社会治安也好，没有诱拐、绑架小孩这种事。左右邻居彼此熟识，互相有个照应。

那时候的我们，就像放养的山鸡一样，在山林里自由奔跑，然后茁壮长大。

现在的社会环境相对复杂，父母不放心孩子在外头游走，怕孩子有危险或学坏。温室豢养模式，则是比较令人心安的做法。

有些父母，甚至不让孩子做家务事，应该是说什么事情都不用做，只要求他们专心念书。所以很多孩子都是学习上的天才，却是生活上的白痴。

我觉得这让父母疲惫，也束缚了孩子，因此早就有了让孩子独立的决心。

绿蒂还是婴儿时，我严格遵循不随意抱抱的冷血残酷政策。尤其严禁老人家没事就抱起来拼命摇。

只有喂母奶的时间，我才会抱她。

尽管当时我身体有恙，哺乳让我的身体承受极大痛苦，但母奶是最天然的食物，而母亲的身体气息，则能让婴儿充满安全感。

这就够了。

除此以外，我认为大人们过度的抱抱，只会增添养育孩子的困扰。

绿蒂开始学走路时，我只在一旁鼓励，从不随意搀扶。

当她已有能力站立的时候，如果跌倒了，我就让她自行站起来。

对绿蒂而言，走路跌倒是再正常不过的事。她既不呼天抢地，也不会要求我去扶她。

她四岁便看得懂红绿灯。我教育她马路如虎口，要随时提高警觉。

小学一年级，我们训练绿蒂自己走路去上学，放学再自己走回家。

小学二年级，她学习搭乘地铁和公交车。好几次她带着妹妹搭错车，就询问路人，自己找到回家的路。她说，迷路时觉得台北夜色凄凉无比。妹妹看见家户透出黄澄澄的温暖灯光，紧张得一直想打电话求救，但绿蒂始终认为自己有能力处理。虽然比预定回家时间整整晚了两个小时，姐妹俩最后还是安全返家。

经由几次迷路，绿蒂的脑袋已经绘制了一张属于自己的台北地图。

小学三年级，我让绿蒂购买高铁票，带妹妹到乡下外公外婆家过暑假。

两姐妹自然紧张万分。

对小孩而言，下错站是件非常恐怖的事情。但是坐车过程中难免会昏昏欲睡，坐过站怎么办?

两姐妹商量好，轮流睡觉，一人负责看一站，就这样安全抵达我在云林的老家。

朋友们对于我的做法，相当有意见。

“外面环境险恶，你不怕孩子被抓走吗?搭车旅行这种事，年纪到了自然就学会了，何需让幼小的她们，暴露在危险之中?”

我的信念则是，孩子面对可能的困难或危险，能从中学习判断、求救、自救的能力，襄助自己脱离困局、险境。而且，愈早具备危机意识，以及学会保护自己，他们的生存能力就愈强。

除了外面世界的冒险，在家里，姐妹俩也必须具备生活自理能力。

绿蒂三岁生日，她收到了一份特别的礼物，那就是拥有了属于自己的房

间和床铺。

收到礼物的同时也意味着，从今以后，她得对自己的空间负责。床铺、衣物、玩具的整理与收纳，都是她的分内事。

也是从三岁开始，每天早上，绿蒂自个儿决定衣服穿搭。她渐渐学会，也相当清楚，什么样的场合，怎么样的气温，要穿什么样的衣服，进行什么样的搭配。

四岁时，绿蒂拥有了自己的旅行箱。

出门旅行之前，绿蒂会问清楚我们的行程安排，再决定是否要带泳衣、拖鞋、帽子、太阳眼镜，甚至她心爱的玩偶。她将所有该带的东西，画成一张物品携带表，一一放进行李箱后打钩确认。等到旅行结束，同一张表格，再确认一次，把带出门的东西放回行李箱。

这样整理行李的方法，对她往后的逻辑思考、系统性整理、归纳心得，有着莫大助益。

譬如，绿蒂在沉迷偶像剧的时期，很快就能够说出，不同国家或地区的戏剧元素有何不同。并且进一步精辟分析一部戏的精华与缺点、演员的演技、导演的心思，甚至广告植入技巧之优劣。

她从三岁开始看戏，每个星期一场国内外各种等级的表演。寒暑假的时候，一天还会看上两场。

看多了，她也看出门路来。不论是舞台剧、音乐会，她总能在第一时间提出评论，包括舞台设计、剧本优劣、演奏巧思、表演者特色等。

后来，她开始自己决定想看的戏，以及国际芭蕾舞表演、大型音乐会等。才小学四年级，她就带着妹妹四处赶场，完全不用我们陪伴。

此外，绿蒂在幼儿园阶段，就在夏爸爸的教导和协助下，学习烧水、煎蛋、煮饭、煮面、炒饭、做糕饼等料理功夫。

上了小学，她和妹妹在假日里经常做爱心早餐，孝敬双亲。

当然，毕竟孩子尚且年幼，我们极少让“小鬼当家”的事情发生。

我们只是想要确保，万一临时有状况，家里没大人，孩子不至于慌张、挨饿。

所以，真正的重点在于，从小训练孩子生活技能，潜移默化独立概念。

以上，正因为夏绿蒂拥有独立的生活自主能力，她对“妈宝”的不屑程度，可想而知。

她曾告诉我说，不少同学已经 15 岁，每天要穿什么，衣服放哪里，甚至每天要做什么，全都仰赖妈妈安排。他们每天的时间都被补习班、才艺课程排得满满，一旦突然闲下来，就会不知所措。

她常语带骄傲地说：“妈，我们至少有生活自理能力。煮饭、洗衣、打

扫，自己安排行程，外出会避开危险，时间到了懂得回家。这样足以让你们省下许多心了！”

这还不算，她还继续大言不惭：“还有，上上网，看看电视剧，这些又不是什么十恶不赦的罪行。很多同学不分男女，都在玩在线游戏，认识各种怪朋友。而我对这种在线游戏，一点儿兴趣都没有。”

夏绿蒂，我的夏大小姐，你好意思说自己不曾在网络上招惹过一堆怪朋友？我不戳破，你倒是理直气壮起来了？

回到伤脑筋的陪考事儿上。

夏绿蒂和夏爸爸剑拔弩张，僵持争论，几天后，我们采取了折衷办法：当天由夏爸爸开车送她去考场，等到绿蒂进入考场后，爸妈就离场。让她自己完成考试，不打扰她。

原本态度强硬的夏绿蒂，终于点头答应，让我们用这样的方式，一小部分地参与她人生中的第一次会考。接下来中午的餐点，就由她的小男朋友豪太的妈妈接手，带他们去考场附近吃饭，然后再回到考场应试。

当天我陪夏绿蒂进入考场外围，环顾四周，许多学生还在认真啃书，家长们陪伴在侧，气氛十分肃穆。

我们便找了一个没人入侵的地方席地而坐。

坐定，我这个当妈的才一声惊呼：“夏绿蒂，你这是什么打扮？”

夏绿蒂听到我的惊呼，不由得抬眼看我，那眼睛戴着棕色瞳孔放大片；再看脸上，果然化了妆；看身上，身穿露肚脐上衣，搭配超紧合身短裤；此外是一双全白休闲鞋，一顶白色板帽。

“喂，夏小姐，你是来走秀的吗？”

“妈，你看看啊，今天聚集各校的人在这里考试，我可不能输啊！一定要美美的啊！”

她差点儿没有给老娘我搔首弄姿，竟然还眨眼问我：“怎样？我今天的妆，化得还行吧？”

我无言到宇宙尽头！

这位夏小姐，根本是怀抱争奇斗艳心态，多过考试心思。

好不容易压抑住情绪，我“镇定且温柔”地对她说：“看点儿书吧，大家都在看书。”

“我没带书，只带了笔记。”一副洒脱轻松的语调。

“那就看笔记吧！”我语气分贝提高，快到达容忍临界点。

“都看完了啦，没啥好看的。而且临时抱佛脚，没有任何意义。”

一把无名火往我头上奔窜，你这孩子会不会太放松了？

问题是，现在还不是发火的时间地点！

我默默闭上眼睛，深深地吸气，并告诉自己："丁雯静，你不能发火，你没有崩溃。你很好，这一切都是老天爷给你最好的考验。"

当我睁开眼睛，夏小姐正在揽镜自照。

她扬起眉毛，弯起嘴角，天真烂漫兼不知天高地厚，轻佻地自顾说道："今天心情真好！"

事已至此，唯有进行自我催眠：或许她天生跟别的孩子不一样。她在比较轻松的状态下，能够考出令人跌破眼镜的好成绩。

"我要走了！"

这是我遇过最不在状况内的考生，而且她正是我女儿！

我恨不得瞬间消失在考场。

谁来把我带走啊！

绿蒂和荞安——绿蒂会考那天穿的就是这样的衣服。

- Chapter 14 -

# 你终会知道想要的是什么

趁女主角在考场努力拼搏（**有人信吗**），我们来谈一谈学历这个事情。

我们的社会，对新鲜人的竞争力评断依据，就是学历，但学历并不是个平等分配的东西。

台湾地区实施“教育改革”已将近二十个年头。我从研究所时期就开始参与“教改运动”，为了那90%的、被升学主义的成绩标准排除在外、牺牲于铁板一块的教育体系之下的孩子们。

学校应当是提供孩子探索兴趣、发现自我、开发潜能的场域，而不该化约为成绩至上、让孩子觉得书读得不好就活该被淘汰的空间。

我们当时主张，过度的精英教育绝非好事。将所有资源集中在课业好的孩子身上，甚至把荣誉光环都归属于成绩优异的孩子，凸显的是教育制度的偏颇失衡，以及资本功利论。有教无类的理念，无法健全落实。

精英者容易膨胀，非精英者则弱势而被边缘化，其实两者皆难以拥有均衡的发展。

学识、兴趣、潜能、人格、品性、处事，是学校应给予每个学子的教育。

会读书与不会读书的二元对立，实然窄化了每个特质和个性迥异的学生。

不论成绩，体育、美术、音乐，甚至德行好的孩子，都应该受到同等的鼓励和表扬。学校教育应当驱策每个人发展自己的独特性，而不是工厂生产线般“制造”出规格一致的念书考试机器。

“教育改革”的几项诉求，首先是改变教学方式，调整校园奖惩制度；再来整合社区、国际、网络等资源，与最先进的教育理念接轨。还有明星高中社区化，提升技职教育等等方面的总改革，都是“教育改革”的核心。

“教育改革”并非要反精英，强调的是资源均分，而不是倾注在10%的精英身上，放弃掉绝大多数的孩子。理想而言，不论来自富裕或贫困家庭、不分资质高低，要让每个孩子都有公平机会通过教育翻身。

有些孩子适应课堂讲授方式，并能以笔试呈现学习成果。只是这样，也不足以说明，那些笔试成绩不佳的孩子，就是资质愚钝。

他们可能对于填鸭式的传授难以顺应，或许较为适合亲历现场教学法。又或者，他们其实是图像思考、影像思维胜于传统教学思路的学生。

孩子们，有的擅长动脑，有的专长劳作，各有千秋，各有所长。区分高低，是便宜行事的功利主义划分。

教育的重点，我始终认为是自我挖掘，探索和激发潜能。

当我陪着夏绿蒂走进考场那一刻，惊觉“教改”成果，成果极其有限。

从“联考”变成“会考”，貌似有所改革，其实换汤不换药，一样是“考试定终生”的游戏制度。换言之，很会考试的人，从前和现在都是精英。

犹如鬼魅的意识形态，始终阴魂不散。

初中的校园里，成绩仍然是最重要的判别标准。

老师的上课方法，大多都是老一套：写板书、发讲义、圈定考试重点。学生也一样，只需知道标准作答，不必多问“为什么”。较为创新的做法不是没有，但顶多只是利用网络互动教学，或是播放影片稍微刺激孩子注意力。

而考试，永远都只有一种，那就是笔试。

二十来年过去了，我们这一代的家长，最在乎的仍是孩子的成绩。

各式各样的安亲班、补习班、才艺班蓬勃林立，反映了集体社会以成绩标准作为竞争力的追赶、吹捧以及焦虑。

像我这样自诩思想前卫开放、支持教育改革的人，也逃脱不了担忧，甚至陷入担忧自己小孩成绩的窘境。

无怪乎当代德国哲学家、社会学家哈贝马斯说，意识形态本身，就有着能够跨越数个世纪而保持稳定的延续性。

我遍寻不解、反复自问，究竟哪里出了问题？

没有父母乐见自己的孩子，被抛弃在竞争力排行榜之外。

谁不祈求自家小孩能够成龙成凤？多么俗气却实际。

只是所谓的人中龙凤，一定要局限在课业成绩方面吗？

我的困顿是，该如何面对夏绿蒂遭遇学习受挫之后，还要她保持十足的信心，勇敢探索自己的未来？我是不是也已陷入竞争力迷思当中，正在跟鼓励她自我潜能开发的论调拔河？

说了一大堆理论、大道理，对应自己女儿的实际情况，我真能够维持那般潇洒吗？

还是，我会自打嘴巴？

两天的会考终于结束了。

夏绿蒂考完试，就和一群同学去球场打球，然后又吃了一顿大餐，才心满意足地回家。

我问她考得如何。

她回我：“不知道哦。该写的都写了，不该写的也写了。但完全没有紧张的感觉，心中平静得快睡着了！”

绿蒂回答得吊儿郎当，让我全身无力。

我真后悔拿石头砸自己的脚。又不是第一天认识她，明知问了没啥好结果，我还是忍不住要问。然后“如愿以偿”，得到叫人无力、痛苦的答案。

这就是父母吧！

以夏绿蒂平常的成绩表现来看，若想进入公立高中，根本是个大问题。

最初，她想去念职业学校，读美容美发科系。理由是每天可以把自己打扮得漂漂亮亮，做自己喜欢和开心的事，从此不用再面对枯燥无聊的课本。

想做美容美发的行业不是不成，只是台湾技职教育这方面的训练，终究不够扎实稳健。

我很认真地探查台湾职校的现况，发现其实跟二十多年前相去不远。学校设备老旧，师资参差不齐，学生打混过日子，整体学习风气不佳，未来升学出路的选择也相对有限。

后来夏绿蒂和张豪太交往，慢慢改变散漫恶习，才转念想要念普通高中。

只是她的成绩真的能顺利考上高中吗?

当时心想，最坏的打算，就是念私立高中。有些私立高中校风严谨、管教严格，也许进入这样的求学环境，能够收敛她四处撒野的放纵性格。（我承认自己管不了，却寄望学校帮忙管训小孩的侥幸心态需要检讨。）

会考后，九年级的学生还是得要继续到学校去上课。

这时，我发现和夏绿蒂每天在一起玩耍的人，已经没有张豪太。

两个小家伙，有点儿不对劲了。

扬言会考结束后便要出招的夏绿蒂，果然在考完的第三天，就和豪太提出分手。面对豪太提出的“毕业倒数分手”，夏大小姐先下手为强，不想等到毕业当天，再体验一次被甩的滋味。

为了给豪太教训，夏大小姐迅速出击，向他提出分手决定，理由是“放他自由”。

当下，豪太毫不迟疑且爽快答应。这让绿蒂有点儿小受伤。（少女心啊！）

不过，更受伤的还在后头呢。

当天下午，张豪太已经和隔壁学校的女生，展开约会行动。

放学时，跟新朋友约会的豪太，竟然和绿蒂搭上同一班公交车。

这种戏码，是不是洒满了狗血？

两人眼神短暂相视交会，接着豪太立刻将头转向另一边，避开绿蒂的灼灼目光。

绿蒂说，那一刻时间仿佛冻结了，车内外所有的行动，都转变成慢动作。她恨不得赏豪太一记铿锵有力的火辣耳光，但这只是幻想而已。

那位豪太约会的女生，哪儿不坐，偏偏就坐在绿蒂的座位旁边。

绿蒂打量那女孩——长发、单眼皮、塌鼻子、干扁身形，她心里想的竟然是："死张豪太，原来你的眼光真的很差！"（豪太眼光很差？夏大小姐，你骂到自己啰！以及，你人身攻击了一个无辜女孩。）

公交车到站后，夏绿蒂一副兵败如山倒的样子，狼狈地冲下车去。

此时，如果在她俊俏的小脸上再挂上两行泪珠，以及搭配上哀伤痛心的衬乐……没错，就和偶像剧一样一样的。

对于自己的反常举止，绿蒂跟同学撒谎说，她晕车，很想吐。

跟她搭同一班车的同学，其实都看见公交车上那一幕。大家都惊讶得说不出话来。

压抑不住心中熊熊怒火，夏绿蒂给我打电话，火气很快转为哽咽。

"妈，我是想教训一下他，所以先发制人提出分手。没想到却被他狠狠打了一巴掌。为什么要让我亲眼目睹这一切？会考一结束，他人就飞走了，心完全不在我身上！前脚刚分手，后脚就跟别人约会。居然还被我抓到！"

后来，绿蒂愈哭声愈大，我根本听不清楚她在说什么。

良久，我心中叹了一口气：这孩子，终于发泄了前阵子积累的委屈。

九年级时，因为绿蒂沉迷偶像剧，豪太认为她不求上进、无可救药而分手；第二次分手，是因为豪太疑似劈腿，换成绿蒂提出分手；第三次是会考结束，豪太先提出“毕业后就分手”倒数计时计划，以后各走各路，绿蒂提前成全他。

绿蒂的分手宣言，已经变成“狼来了”。

每次似乎都只是说闹而已，再也没有人会相信，他们的分手是来真的。

会考结束，所有孩子像被久关鸟笼的鸟儿，拼命地往外跑，疯狂玩乐。

向往恋爱的孩子，也趁着这时候，找一个聊得来、有好感的人，好好来一场上高中前的恋情假期。

见鬼了！

我家的脱缰野马夏绿蒂，竟然天天早归，哪里都不去。

最荒谬的是她恢复单身，也没有展开恋爱假期的意思，每天只找闺密们玩耍。

这位自认为是女神的夏大小姐，当她的脸书感情状态改成“单身”那个晚上，已经有好几位先前想追她的人，再度回到她牛仔裤下大献殷勤。

夏女神完全不为所动。

我故意试探性地问她：“你不是很喜欢王承风？他都向你告白了，跟他交往不是你梦寐以求的事吗？去试试看啊，反正豪太都已经跟你分手了。”

“妈，我跟王承风在网络上聊得开，见了面却一句话也说不出来。我只

是喜欢他的样子，偶而当一下花痴，耍耍白痴可以，真要当男女朋友，我可是不愿意喔！我不想交一个思想无法交流的男朋友。”

听了绿蒂的回答，我心里有两个想法。

一是，她根本还在等张豪太回心转意。另一个是，她或许真的开始知道自己想要什么样的对象，再也不会为了恋爱而恋爱了。也算没枉费她妈这段时间扮演起恋爱教母，给她用心良苦指导爱情功课。

这回绿蒂和豪太分手，和以往两次相比，前所未有的低调。

班上很多同学都不知情。绿蒂也厌倦了用惊天地泣鬼神的方式，去大肆宣告她跟豪太的分手消息。

初中进入尾声阶段，夏绿蒂在班上已经不需要管秩序的时候，却不再造反，抗争论辩，掀起波澜，连导师都觉得诡异。

毕业前这段时间，同学们大都是在看电影，练习毕业典礼相关事宜，还有同学们之间写写纪念册，基本就是无所事事，等待发榜状态。

就在这个时候，夏绿蒂突然忙碌起来。

她灵感大发，每天不断地画画，进入了一个创作状态。

“为何突然想画画？”我问。

“少了豪太，忽然觉得世界很有画面，就想画下来。”绿蒂回道。

看见绿蒂爆发创作能量，我这当妈的，觉得她似乎应该去念职校的美术班。

不过，转念一想，又认为正统的美术教育，会抹煞她奔放的创作力，以及钳制她不受控的狂野个性，所以还是让她继续当“自由派”创作者算了。

值得安慰的是，考完试的她反而状态更好。同学们觉得上学无趣，她倒觉得每天有充分的时间可以自由运用，为此欢欣不已。

等待发榜的日子里，绿蒂终于体悟到，自己七年级到九年级是如何散漫。当然，她也不知道当初为何要虚度光阴。

另外，考完试后，她觉得和同学倒数计时的相处日子很是珍贵，但为时已晚，大家准备各奔东西了。

终于，考试成绩公布了。

豪太不出意料地考上他心中的理想志愿，而夏绿蒂的成绩，则让我们所有人跌破眼镜！

画画是夏绿蒂表达对世界看法的一种方式。

在作业本封面上涂鸦，绿蒂说灵感特别多。

- Chapter 15 -

# 故事没有那么容易结束

任职资深财经记者多年，我曾访问许多在业界叱咤风云、身经百战的企业家。他们的故事常常有个共通点：成功，是因为经过无数失败的考验。他们恰恰是在挫败中，学到如何驾驭成功。

挫败，是隐身在表面成功的内在养分。

由此可知，培养孩子的“挫败力”，就是竞争力的一部分，甚至可说是重要无比的养分。

话是这么说没错。但，我是一位母亲，有一个挫败“常胜军”，异于常人热衷当“鲁蛇”[①]的女儿夏绿蒂，那可就真的伤透脑筋了。

九年级的考试尚未发榜前，某个星期六下午，绿蒂待在书房画画。她特别喜欢一边上网看《康熙来了》，一边涂鸦画画，挥洒创作能量。

她爱死蔡康永和小 S，这两位那妙趣聊谈、生冷不忌、厮磨人性边界的

---

① 鲁蛇：网络流行用语。英文 loser 的直译，即失败者。大陆称“卢瑟”。

主持风格，总是让她灵感满盈、波涛汹涌。

后来《康熙来了》宣布要停播，夏绿蒂简直快要疯掉，一直忧心忡忡，大声嚷嚷地说，她的灵感源泉快要不见了！（史上第一位，以《康熙来了》作为灵感活泉的少女也！）

绿蒂的画风，既诡异幽冷却也吐露童趣气息。

这跟她整个人的状态相当一致，心思单纯，本真率直，行事作风不安分守己，极为诡谲多变，难以捉摸猜透。

认真画画的夏大小姐，突然抬头问我："妈，人生要培养的，究竟是竞争力，还是受挫力？我觉得自己目前可能毫无竞争力，可是我对于受挫的能力却很强。我甚至喜欢被打入谷底，然后再来个逆转胜。我就是不喜欢争名次。为了成绩、比赛的排名而处心积虑、你争我夺的人生太无聊了！"

竞争很无聊？

我当下愣住，死小孩，是在骂我吗？

你娘我当电视台制作人时，纪录片作品经常四处参战，尚算获奖常客，在圈内称得上一号人物。本质上，这些荣誉和名气，跟竞争名次脱离不了关系。也就是她口中的"你争我夺"的意思。

原本我实在想训斥她："那是因为你懒惰，平常不愿意努力，对任何挑

战兴致索然，没有动力迎击考验，才会说出这种大话！”

话到嘴边，我立刻打住，硬生生给吞回肚里去。

既然孩子愿意讨论，我何必急于否定，泼她冷水呢？

摆出大人的姿态给予否决，顺势晓以大义一番，似乎不是上策，对事情没有任何帮助。

我紧急踩刹车，转念一想，我要趁机引导夏绿蒂认识自己。

“来，我们来讨论讨论吧！”

我用慈母婉约的语调对她说，并给她温柔眼神示意，鼓励她讲出心中想法。

我们追溯夏绿蒂小时候的学习态度和习惯。

“你上幼儿园时，喜欢拿老师给的小点点[①] 吗？”

“喜欢啊！总是喜欢自己成为班上点数最多的人。”

“那你从什么时候开始，放弃搜集点点？”

“呃……迟到的时候。每次爸爸只要迟送我到幼儿园，一开始错过了什么，跟不上大家当天的活动，就会意兴阑珊完全不想参与。”

我心中一动，好像抓到症结点了。

---

① 小点点：幼儿园老师给小朋友的奖励点数。

也许，每个孩子都存在跟世界学习的好奇心。有人一直保有良好的习惯，学习力自然好。有的人则因父母的恶习，或生活散漫的疏忽，无形中造成了学习的障碍。一个奇怪的观念之所以产生，也许很久以前就种下了种子。

明显地，后来在绿蒂的成长过程里，总是非常排斥竞争。

这种来自成长过程中的挫败种子，影响她甚深。

但恶习已经养成，我该如何协助孩子“拨乱反正”呢?

绿蒂从小由夏爸爸带大。

夏绿蒂三岁时，我生了老二夏荞安。夏先生辞去工作，当起全职奶爸在家照料小孩，成为台湾当时少见的“家庭主夫”（即使现在仍属少有），还因此被杂志做了专题报道。

感性的夏奶爸，他心中最大的志业，就是陪伴孩子度过无价的童年。

孩子上幼儿园之前，夏奶爸的体力还能招架得住。不过，当小孩开始进入幼儿班，兼职杂志撰稿的夏奶爸，由于经常熬夜写作，因此无法准时起床，也没办法准时送女儿上幼儿园。

那段时间，只要前一天赶稿，隔天几乎都是绿蒂叫爸爸起床。三岁的绿蒂看爸爸那么疲惫，再怎么叫也徒劳无功，她渐渐只好放弃。

渐渐地，她也就成了课堂上的局外人；渐渐地，她就不再有太大的学习

热情；渐渐地，她就不再跟别的孩子竞争比赛；渐渐地，就变成了现在这个样子的夏绿蒂。

我突然感到心痛，我必须承认，过去的我是个来不及觉悟的母亲，没能实时补救，甚至没有早一点儿意识到。

父母和孩子是相互而为的功课。

只要我们彼此都愿意醒觉，应该还是有机会改变的。

“你可以原谅，或谅解爸爸和我吗？”我问夏绿蒂。

“我不知道。当时是很气你们，觉得本来很有乐趣的事，到最后却因为迟到，一切都变得索然无味。后来，我自己也养成迟到的习惯，也就没什么好说的了。”

绿蒂的话，刺痛着我作为母亲的羞愧之心。我真诚地向她道歉。

“真的很抱歉，绿蒂。我知道，你也不是喜欢迟到的人。像你出去玩耍的时候，就绝对不会迟到，这表示你还有救是吧？”

说到这里，我们不约而同地大笑了起来。

笑完后，绿蒂突然转为愁眉苦脸。

她忧心忡忡地问：“妈，如果我没考上好高中，念到好大学，我的人生就完蛋了吗？成绩真的能够代表一切吗？我觉得好困惑。”

绿蒂的问题，显见她内心隐藏的忧虑。

会考成绩即将公布。尽管她平常总是吊儿郎当，但至少初中最后这一年，她可是实实在在地下了苦功。

人一旦付出努力，终究还是在乎结果的。一向以“鲁蛇”自居，不屑成绩排名的夏绿蒂，竟然有了所谓的“得失心”。

看着“鲁蛇”女儿居然会为了成绩和未来感到紧张，比起她过去“万般不在乎，一切随便他”的态度，我倒是有点儿宽慰和开心。

那么，就让为娘我，来为少女绿蒂指点开示，解除困顿吧。

“应该这样说，求学是你人生过程的一个阶段，它提供我们具备基本社会公民的能力。至于测试你学到了多少，目前只有一种方式，那就是笔试。如果公允地看待，我们只能说，有些人适应老师课堂上的教学方法，善于应付笔试，所以他们成绩好。这不代表成绩不好的人，就是资质差，或是注定一辈子都没出息。”

我稍作停顿，注视着绿蒂那双水汪汪的大眼睛，继续说道：“你妈从来不觉得，如果没考上好的高中，你就是没出息的人。我只是希望，你能够适应学校的基本训练，做一个可以被要求、被规范的人。因为人在这个社会上，不能只活在自己的世界里。”

我相信，只要夏绿蒂同学改掉从小种下的迟到的坏习惯，她便能够跟得上学校的节奏。她会在校园中，获取该有的知识，探索自己的爱好，以及开发未知的潜能。假若在学校真的找不到，以后她可以到大学的殿堂里，抑或进入社会再去找。

总之，我认为，协助孩子找到人生可以发挥的兴趣、领域，比考上一流高中或大学更为重要。

成绩公布那天，夏绿蒂的成绩让全班同学都大吃一惊。

那一次考试，很多同学都发挥失常，尤其是夏绿蒂，她竟然考出了绝对可以上得了公立高中的成绩！

这这这，让为娘惊掉了下巴！夏爸爸更是高兴得合不拢嘴！

这是夏绿蒂啊！

至于是哪一所学校，校风如何，离家近不近，都是问题。但这些问题都算正常，至于不正常的，甚至不可思议的问题出现了。

夏绿蒂拟出一张选填高中的志愿标准名单，核心精神竟然是：学校制服够不够好看。

这位夏大小姐，只要制服难看的学校，她一律排除。

她的理由是，校服是每天都要穿在身上的衣服，如果很丑的话，怎么会有上学的动力？再者，校服代表一所学校的审美品味。校服丑的学校，那么校长肯定是不够用心的。

这么荒唐的论调，我听了差点儿没昏倒，她爸已经被惹恼，冒起浓浓强烟。

气归气，夏绿蒂她爸也只能将满腹无可奈何的苦水，在肚里翻腾搅和。

夏先生深明大义，孩子犹如镜面反射的自己。小孩身上那些让父母看不顺眼、无法忍受的行为，也许正是自己曾经的影子和基因延续。

有一次他和绿蒂发生激烈冲突，气愤之下用力捶打墙壁导致右手受伤。为了避免历史重演，话题讨论到一半，夏爸爸就先离场，自个儿到卧房去冷静冷静。

尽管已经做好念高中的心理准备，夏绿蒂仍然觉得，职业学校的松散教育体制，可能比较适合她。

我必须给予尊重，让夏绿蒂充分表达她的意见和想法，即使理由听起来超欠揍的。

当然，究竟是普通高中还是职业学校更适切的辩论就暂时免了。

明知职校制度松散，一心追求投机取巧，这种“心术不正”的考量，我不能让小孩任意妄为。

她的“制服论”是一回事。我要引导她，务必考虑去念普通高中。

唉，有女如绿蒂，总是逼迫我要进化成智慧更升等、耐性无限扩充的母亲。

填完志愿已经是深夜 1 点。

这死小孩，实在够折腾她娘的。

此时，夏绿蒂的 LINE 忽然响起。她瞄了一眼，露出吃惊表情。

“妈，张豪太 LINE 我！”

“他一定是来跟你要求复合的。”

读完 LINE 讯息，夏绿蒂惊呼：“真的耶！”

她瞪大眼睛，不可置信地看着我：“妈，你怎么会料到？”

我暗忖，我是谁？

我是“恋爱教母”好吗！或称“恋爱神婆”也可以。

我故意用神婆口吻说：“因为他去外面玩了一圈后，还是觉得跟你比较合拍比较能聊。所以他又后悔了！”

“我根本再也不想理他。”

这位夏大小姐，摆明在给我演口是心非的内心戏。

不过，今晚已经够疲惫，老娘没力气再给予任何指导。

“你跟豪太说，明天再聊。”

隔天早上，夏绿蒂一起床就来敲我房门。

“妈，豪太一直要求复合。我跟他说，我要好好想想，和好必须有条件。但我想不出来，该要开出什么条件。”

夏大小姐钻到我床边，嗲气地哀求："我可以跟您聊一聊吗？"

还"您"，这家伙什么时候这么客气地请求过我了？每次都是一副理所当然的样子，如今这么低声下气，总觉得哪里怪怪的。

但是，女儿一撒娇，有谁能够抵挡得住呢？

"让你妈头脑清醒一下，我们再讨论。"

我开始思考，这对小情侣之所以分合多次，主要是因为心性不定。豪太要学习的恋爱课程，是好好地专心致志对待一个人，不要再心猿意马。

"绿蒂，你跟豪太说，真要复合的话，得要答应以下条件：一、交往期间不准劈腿；二、上了高中后，每个星期至少相处两小时，交换课业、人际、生活心得分享；三、一年之内不准再提分手。"

如果豪太没有信心做到，他就不会轻易答应，如果真的有心，就会愿意接受考验。不然一切都得来太容易，以致不懂珍惜。不消多久将又故态复萌，形成累犯习性。

我原本估计，豪太大概会知难而退，绿蒂也认为他极有可能打退堂鼓。

就在我们作最后盘算，几乎肯定了豪太应该会选择放弃的同时，LINE 传来一则讯息：

"好的，我愿意接受这些条件。因为这对我是很好的功课和挑战！"

我和夏绿蒂面面相觑，故事好像没那么容易结束。

是一种愈挫愈勇的信念吗？

且让我们继续看下去！

夏绿蒂的画作《任性》。

- *Chapter 16* -

# 是时候谈谈那条防线了

毕业前夕，夏绿蒂和张豪太的恋情，再度绝地逢生。

这段时间，他们俩各自忙着准备毕业典礼的事情。

夏绿蒂每天从学校回家，都会带着一堆同学送的礼物。她也为了给同学准备毕业礼物，躲在房间忙得不亦乐乎。

“嘿，豪太送你什么毕业礼物啊？”我好奇地问。

不问还好，一问怨念颇深。

“他是个超级不会搞浪漫的人，根本不会送我什么礼物好不好！”

这位夏大小姐，听她的语气，分明就是想要收到豪太的礼物。

“你认为，送礼物等于浪漫？”

“是啊！”

夏大小姐立刻启动偶像剧模式，眼神闪烁憧憬的光芒。

“班上的马嘉瑞暗恋邱思晴三年，他们始终没有成为男女朋友。但是，马嘉瑞送了好多大公仔、大娃娃给邱思晴。”

说到这里，非常神奇的是，夏大小姐语气竟然一个急转弯，换成悲情黯淡，只差没哽咽哭诉：“而我，一个绒毛玩具都没有！”

“你知道吗？送礼物，是相对简单的浪漫表现，却是一门很深的学问。满坑满谷别人送的绒毛玩具又如何？有什么深刻意义吗？搞不好哪天，你就会忘记是谁送的。你会记住的，是和恋人共同经历或经营的小浪漫。”

“豪太连逛街都不跟我牵手，他说不喜欢放闪[①]。妈，他真的一点儿都不浪漫！”

“你现在处在抱怨状态，全都在想着豪太不浪漫的事，当然一个也想不起来。来，用心想一下，回忆你和豪太相处最美丽的画面是什么。”

绿蒂从书桌旁起身，到书柜上找到她和豪太的恋爱小日记，很快地翻着她记录的心情故事。

“有耶！每天早上7点，豪太打电话叫我起床，第一句话都是：‘亲爱的，起床了！’怕我倒头继续睡，还指定我要去开冰箱，摇冰块给他听。”

“这里……上学时，豪太在三楼教室走廊站着，一看到我进入校园，就会立刻冲到楼梯口，帮我背书包。”

“嗯，这个……有一次班上大扫除，我洗完教室地板，双脚弄脏了，在

① 闪：网络流行用语，意指情侣的甜蜜互动有如一道光芒，闪到旁人眼睛。尤其单身者，对此更是会感到不是滋味。

洗手台洗脚。他不准我动，怕我的脚又踩脏，就过来背我进教室。”

“每次上完游泳课，豪太会在化妆室帮我吹头发。因为我头发太多，他担心我感冒。”

“还说不放闪，这不是放闪是什么？妈妈的年代，有一部叫作《远离非洲》的美国电影。其中有一段，男主角帮女主角洗头发、吹头发的情节，就是这部电影的经典画面。当时多少女生梦寐以求这怦然心动的一幕。太令人嫉妒了！夏小姐……”

我话还没说完，夏绿蒂继续翻着小日记，一副超级幸福的模样。

“还有还有，有一天下课，午后下起雷阵雨。我没带伞，张豪太担心我淋湿，一路撑着伞送我回家。到了楼下，我看他身体几乎湿了一半，那狼狈的样子，顿时觉得好可爱喔！”

好可爱？

豪太爸妈若是看到，铁定担心儿子会感冒。

“夏绿蒂，你有没有对豪太做过什么浪漫的事？”

“有啊！有一次我要求豪太，让我帮他打扮成女生。我给他戴瞳孔放大片，打粉底，画眼线，刷睫毛膏，抹腮红，擦口红，重点是还上了蓝色指甲油。我把他变成一个可爱的洋娃娃。”

WELCOME TO MY HOUSE!

8年級要為了9年級的音樂會準備，辦了一个班上的团樂會，我跟♥同組，練習時總是很開心，因為有他，♥的羽毛外套我總是帶在身上，如果把外套穿上，趴在地上，他就會拖著我，拉著我的手，在地上滑來滑去。很甜蜜的回憶，很美好的，我們。

上游泳課的時候，男生總是比女生快好，只要我一沖完走出來，他就會拿著毛巾，幫我擦頭髮，幫我吹頭髮。總是，那麼的貼心，那麼的用心，我卻不珍惜。

很討厭♥剪頭髮，因為會很短很短，有時候，他笨手笨腳的，不太會修瀏海，剪壞了的頭髮都教給我全權付責。總是，信任我，將心交給我，但是，不可能了。

以前，♥來我家，看到不滿意的髮型就會洗頭，而我也幫他洗過頭，在他家和我家，像个小孩一樣的他，很可愛。

下雨天，我總是不帶傘在身上，♥會選擇陪我回家，在路上不準我淋雨，為了不讓我淋到雨總是將我抓得緊緊的，雨傘總是偏向我這，自己的衣服溼了半邊，都不知道。

用心回忆每一个浪漫瞬间。

“……你确认豪太是出于自愿，还是被你逼迫的？”

“他是自愿被我逼迫的。”

这算哪门子的浪漫？根本就是整人嘛！

真的是超级无可救药！

只是，这讲话的口吻，怎么那么像我？

我在心里犯嘀咕。

“后来呢？”

“我给他拍了很多张搞笑照片，然后才帮他卸妆。只是我忘了去掉他脚趾的蓝色指甲油。结果隔天上游泳课，男生站成一排，一堆脚丫当中，豪太的蓝色脚趾甲超级无敌明显，体育老师还很生气地质问豪太：‘你为什么要偷擦妈妈的指甲油？’我站在游泳池的另一侧一直笑，远远看他用哀怨的眼神瞄着我。我真的太对不起豪太了！”

说完，夏大小姐笑得花枝乱颤。

听到这里，我已经翻起了白眼。

“夏绿蒂，你到底有没有做过比较正经的事情？这根本不是什么浪漫好不好啊！”

“我是女生耶！女生不是天生就有享受浪漫的特权吗？”

with JUST DOG

WELCOME TO MY HOUSE!

總是在教室的窗簾後聊著天，化妝，讓我玩，讓我幫你貼双眼皮貼、畫睫毛、擦指甲油、擦粉底、擦口紅，我把你當芭比娃娃一樣做這些有的沒的，你總是笑笑的沒有怨言，連隱眼也是我逼你戴的，因為怕你打球又撞到眼鏡碎掉，而且不戴眼鏡的你真的，很可愛！

親愛的，你這个連泡麵都不會煮的笨蛋，在你家，我在看韓劇，你叫我陪你上樓煮你最愛的「辛拉麵」，連泡麵都不會煮！還要別人教！

去隔宿的前一天，因為要穿長褲，所以我們一起去景美改褲子，腿超細的你，很適合。

某个月的14号，我去了格子趣買了你最愛的豬，是一个用豆豆拼成的，你把它掛在書包上，分手後，看到它還在，很開心。

脑回路不同常人的绿蒂给豪太制造的“浪漫”。

这位夏小姐真的是得了便宜还卖乖。

平常挂在嘴边的男女平等、人权宣言，此时此刻都去了哪里？

聆听孩子分享恋爱中的浪漫故事，确实挺有趣。

不过，当孩子在你面前耍浪漫、搞恩爱的时候，可就一点都不好玩了。

有一次，夏绿蒂约了一群同班同学到家里看电影。

一群孩子挤在一起吃零食，喝可乐。在他们中间，绿蒂和豪太互相依偎着，行径大方而嚣张。一旁的同学们，倒是很习惯似的。

瞬间我的血压有点儿升高，不过我仍然故作镇定地说："这两位同学，请把身体坐直，不要歪七扭八的。"

我希望我的声音没有颤抖得太明显。

真是世风日下，人心不古！

就算再怎么理解现在的年轻人，亲眼目睹女儿和男生亲密，依然让我心脏一阵软弱无力。当下我真想脱口而出："你们会不会太夸张了一点儿？请让父母拥有'干净视野'的权利好吗？"

我恨不得命令两人即刻分开。

若是让夏爸爸看到这一幕，绝对火冒三丈、怒不可遏。女儿是爸爸的前世情人嘛，怎能忍受她跟其他男性亲密相拥？

这个时代的孩子，对于情感和身体的概念，都比我们大方和开放。

我反省着，会不会是我太保守了？

难不成，我表面上是个开明派，骨子里却原来是个不折不扣的保守派？

但不论如何，我的最高指导原则就是：绝对不可逾越性爱防线。

记得夏绿蒂第一次月事来时，我曾恭喜她迈向长大的第一步。

所有关于生理的变化都是自然而美好的。我告诉她，女生一定要懂得珍视自己的身体，并学会区分浪漫和性是两件事。尤其在身体不够成熟之前，万万不可轻易偷尝禁果，否则对身体和生理都可能造成负担，乃至伤害。

道理很简单，你们还在求学，人格和经济皆尚未成熟独立。万一“出了人命”，该怎么办？谁能够负责？

生命是无价的。一旦制造出生命，就不应随意扼杀。但是，面对进退维谷的现实考量，堕胎将是残忍的决定。难道要在还没成年之前就当“刽子手”？

但如果我们选择让小生命诞生，请问谁来照顾？更重要的是，你们有条件负起教养责任吗？

我要绿蒂牢牢紧记我们之间的女人之约。

她在和异性交往的过程中，不应也不能给对方制造任何越轨机会。其他的状态，我们是予以尊重与祝福的。

我慎重地跟夏绿蒂说，作为一位母亲，我绝对信任她在这方面的自制力。

漂亮话人人会说。扪心自问，要做到着实不容易。

美国青少年第一次性经验已经降低到 15 岁，而台湾地区则比美国晚 5 岁。然而，统计数字是死的，人是活的。万一夏绿蒂不在这个平均值以内呢？我会不会提早当外婆？

思索至此，我头皮一阵发麻。

我终于深深体会到老人家所说的，生女儿“吃闷亏”，生儿子“不吃亏”的道理了。天下父母心，吾家有女者，必定懂得我的心惊胆战啊！

毕业典礼终于到了。

学校礼堂挤满了观礼家长。台上进行着校长致辞、毕业生代表感言、颁奖仪式，以及热闹的表演内容。家长席上坐满了捧着花的父母，人手一台智能型手机、数码相机，全程猛拍个不停。

这一天，我又遇到了豪太妈妈。

相比我和豪太妈妈初次见面，这一次我们又多了一分熟悉。两位妈妈就站在家长席后方，边看典礼，边聊起孩子的爱情学分，整整谈了两个小时。

豪太妈是老师。她对于教育孩子很有想法，让豪太在自由开放的家庭环境下成长，并养成其学习求知的过人自制力。

按照一般的社会标准，豪太妈绝对是成功教养的典型。

我很谢谢他们一家，对绿蒂长达一年多的照顾和包容。绿蒂经常在豪太家吃饭，也不时跟着豪太爸、豪太妈出外聚餐，几乎被当作女儿来对待。

尽管只是第二次碰面，我们的认知和共识颇为契合。

我们认为，孩子的恋爱课程要靠他们自己修习。没有所谓的“早恋”和“晚恋”的问题。孩子会在爱情学分中，找到属于自己的成长。

关于这点，我们的看法几乎一致。

毕业典礼结束，绿蒂从座位站了起来。一群同学们过来和她拥抱，大家也蜂拥而上跟班导师相拥。整个会场大家抱成一团，有的哭，有的笑。彼此话别绵绵，打气祝福，空气中弥漫着离情依依的不舍氛围。

只见夏绿蒂置身于尘嚣人群中，一抹浅浅微笑环视四周。那一瞬间我读出了她的心思，她老早就想滚出校园，迫不及待地想长大，她要展开全新的生活了！

豪太妈送了一本 *Women Who Dared*（《勇敢的女人》）给绿蒂。

这是一本介绍对世界有贡献的女性图录。豪太妈期许绿蒂能够借镜，未来也成为对人类社会献出关怀的一分子。

这份礼物着实意义深远。

相比之下，我这做长辈的，竟然没有给张豪太准备任何礼物，两手空空去参加毕业典礼。

真是“空手到”高手！

唉呀！原来我跟女儿也没什么两样。

那天张家全员总出动。豪太爸妈、爷爷奶奶以及外婆都来参加，全家对于他的毕业典礼甚是重视。

典礼结束，绿蒂和豪太一家人合影留念。

我想，以后豪太看到初中毕业典礼的照片，就会看到夏绿蒂。

万一未来哪天他们分手了，豪太每次重新翻阅这些相片，夏绿蒂究竟会成为他浪漫的回忆，还是梦魇呢?

等待发榜的日子，豪太已经开始补习，先预习高中新课程。

大部分孩子的选择都和他差不多，唯有夏绿蒂完全坚若磐石，不为所动。

我苦口婆心劝导，跟她说高中课程更为艰涩，若不提早准备，开学后便会倍感吃力。她坚决拒绝，不想将难得的假期，全部困在课业学习上。

她只想画画，做一个灵魂自由的人。

这到底是借口，还是真心所愿？我也不确定。

发榜日到来了。

豪太考上了他的第一志愿；而绿蒂也如愿进入她的理想高中。

没错，就是那间她认为制服最美的学校——安康高中。

这对小情侣即将踏上不同的生活路线，未来会是什么样的景象呢?

也许，他们会成为永远的恋人。

或许，他们会当一辈子的好朋友。

又或是，将来出现某个切割面，致使两人从此走向不再交集的两条平行线。

不论如何，他们终究会记得，曾经的曾经，在青春的岁月里，有个男生为女生吹干她飘逸的秀发，背着赤脚的她走进教室，一把雨伞下他湿透了半身的狼狈模样……

无价的浪漫，深刻的铭记。

当回忆的风吹过，牵动起嘴角的会心一笑。

正如电影《我的少女时代》的经典台词：“谢谢你，出现在我的青春里。”

- Chapter 17 -

# 恋爱有时候也要做减法

夏绿蒂会考发榜后，我们假日固定聚会的三个家庭，安排了一趟日本之旅。

这次旅行的财务规划，跟以往有很大的不同。

我已不再是个有着高薪收入的“总经理”妈妈。绿蒂和荞安完全明了，我们家的经济状况不复从前。

我跟她们两姐妹说：“天下没有平白无故的日本之旅，你们得用家务劳动来赚取旅行零用金。”

洗碗、扫地、洗衣、清猫砂、假日做早餐、跑腿采买家用品或协助大扫除等，家事依照难度不同而区分价码之高低。

为了旅行零用金，绿蒂和荞安两姐妹很认真地分担家事，她们甚至彼此竞争劫掠工作。

正所谓“有钱能使孩子抢做家务”，直叫为娘既欣慰又心寒啊！

看着孩子如此认真地操持家务，从前不甚用心、不懂得善用智慧经营家庭、总是利用金钱去满足小孩的我，这才深深体会到：过去那么做，不仅会

造成家庭财物的虚掷、家人情感的折损，更重要的是，教养不出心智成熟的孩子。

现在看来，孩子们其实很享受自己赚钱自己花的滋味，颇有成就感的。

自从纪录片公司结束后，不再当总经理的我，有了全新的生活想法、反思以及规划。

失去稳定收入，反而让我更清楚地意识到，以往我只会拼命赚钱、拼命花钱的生活模式，绝对要彻底地翻转和修正。

不是为了“勤俭持家”这种表面理由，而是减少了消费与物欲，多了简单和净化，欲望消融致使整个人更为轻松快活。

除去过度和没必要的物质消耗，就是落实“环保”生活的一种。

夏绿蒂是个“环保斗士”。

她从小喜欢收集各种小纸袋，便于重复使用。她的玩具都会保持最佳状态，如果自己不玩了，就转赠给其他需要的孩子。

另外，夏绿蒂小时候极爱储蓄。每次帮忙做家事，我们会给她十块钱。她拎着十块钱“薪资”，想要买东西，我就带她到附近的便利商店，让她自主决定所要购买的物品。

她总在玩具和零食之间进行抉择，每每犹豫许久。

她的考量颇务实，觉得零食一次吃完就没了，玩具倒是可以玩比较久。

只是呢，十块钱的玩具一般都不会多好，没啥质感，玩起来一点儿都没有趣。最后她决定什么都不买，踢着脚步空手返家，把钱投入存钱筒里。

这种戏码经常在便利商店“公演”，乐此不疲，反复搬演。

夏绿蒂的存钱筒是作公益性用途的。当社会发生重大事件需要募款，她就会动用这笔储蓄。凭着自己素日的存款，或是帮忙做家事赚取的十块钱“薪资”，自行决定要从事什么样的公益活动。

当年汶川大地震，绿蒂就启用了自己的公益存钱筒，捐了 500 块台币，尽一份绵薄之力。尽管数额不大，对她而言却是一件极有意义的事。

那时我的想法比较单纯，我只是要培养孩子有慈悲心、怜悯心，以及落实社会人道关怀。

我完全没意识到，彻底的慈悲应该是爱物惜物，不做不必要且奢侈糜掷的消费。

环保小斗士夏绿蒂深明“环保”与“节约”的关联性，主动给我提案。

“妈，我早就受够了家里的杂乱环境。我要帮忙整理，不过价码要比做其他家务事高一些。”

关心环保之余不忘谈判谋取“暴利”，果然是个精明的死小孩。不过，邀请绿蒂共同整理居家空间，本来就是我的阴谋。现在可好，她自投罗网。

我想通过大规模整顿，让绿蒂对家里的消费习惯，有更确实的理解和反省，进而打造简约生活空间，让自己的环境重新呼吸。

这一次，我决定要实施“人生减法”。

居家空间大瘦身计划，预计将进行九天的工程。

这段时间，绿蒂推掉所有玩耍和约会。

小男朋友豪太也来担纲一号小帮手，他在补习之余也到我们家里来参与整理。

豪太妈若是见着这一幕，铁定要捶心肝了：平常从不沾手家务事的儿子，竟然跑到女朋友家当免费劳工。

嘿嘿，此时竟然窃喜觉得生女儿真好，连带赚了半个儿子。

重整房子的过程中，我和绿蒂发现家中有一半的东西并非必需品，都是属于冲动购置回来、使用率极低的东西。

这对我们即将出发的日本之旅，有了提醒和警惕的作用——绝对不可乱买东西，尤其是那些旅游时容易冲昏头的情境商品。

检视我们每天的生活，实际用到的东西真的不多。

我们的收纳原则是，需要的则留下，用不着的就分送出去。至于可作资源回收用途的，便拿去回收处理。

所谓人多好办事，在绿蒂、荞安和豪太的协助下，我完成了居家环境大瘦身工程。统计一下，总共送出了三分之一的物件。

家里顿时清爽许多。

空间变清爽，生活变简约，人的欲望也跟着素净了。

趁热打铁，紧接的下一步，我开始训练孩子“记账”。

担任凤凰卫视资深财经记者时，我曾跟随已故台湾地区前首富王永庆，参与了其韩国投资之旅，考察和评估企业并购买卖。

有一次，王永庆和韩国首富举行晚宴，双方都携妻儿出席。

韩国首富问了王永庆一个问题：“您如何教养孩子？”

王永庆回答，他让所有的孩子养成记账的习惯，每个孩子都有一张资产负债管理表。

王永庆的孩子，几乎很早就被送出去留学。

尽管他事业繁忙，且小孩远在他乡，他仍然有一套管教和训练方法。

他要求每个孩子，每星期都得给自己写一封家书。

家书内容除了叙述生活近况，更重要的就是呈报账目。他得以通过资产负债表，了解孩子们的生活起居，也从中训练他们经济管理的能力。想要对父亲有任何隐瞒或虚报，那是不被允许，也是不可能的。

借镜首富心思，可见管理个人的资产负债表，是何等实在且重要之事。

我和夏氏两姐妹约定，为期九天的日本之旅，她们一人分配到的零用金是 20000 日元，可自由支配。

游戏规则是：必须每天向我提呈花费报告，以及所剩金额。

日本是女孩儿采购美妆品的圣地。

向来以发扬“美貌可人”为志向的两姐妹，由于预算有限，出发前详实罗列购物清单，并认真地上网查询，比对价钱，将非买不可的物品列为第一优先，其他的则是，若有剩余的钱才作考虑。

另外，我祭出加码鼓励方案：若是在旅行的第七天，零用金若能维持剩余 5000 块日元者，再奖励 2000 块日元。

绿蒂和荞安因为参与了居家瘦身工程，此趟的日本行，相对过往懂得节制许多。就连她们娘本是“败家女王”的我，同样极为收敛节制。

为此，我和孩子都感到开心不已。

原来计划性的消费，竟是如此令人踏实、愉悦、心满意足。

老实说，我是个超级没有金钱观念的人，大学和研究所念的却是经济。

大学时期开始，我就研究如何投资股票、期货、基金甚至衍生性金融商品。我认为掌握赚钱工具，懂得市场资本逻辑，善于赚热钱远比节俭省钱来得更重要。

我从不识缺钱的愁滋味，只知道拼命地赚钱就对了。

研究所阶段，我就边读书边工作。进入电视台担任财经记者一年后，我开始兼差，包括做社区大学老师、自由撰稿人等。假若还有业余时间，我也搞理财投资，让钱像滚雪球般，愈滚愈大。

只要有赚钱机会，我绝不错过。

不过，我非常会花钱。

即使有了绿蒂和荞安，家庭的养育支出有增无减，我也毫无开源节流的概念，买东西一样豪迈不客气。

两姐妹小时候，我给她们添购的衣服，都是同样款式的每人各一套。一对活宝娃儿身着华美童装，走在路上煞是可爱招摇！

我沉醉于看见人们双眼发亮，听见他们赞叹地说："哇！好可爱喔！两个都是你的小孩？"最好再补上一句："你真的是两个孩子的妈？完全看不出来呢！"

这就是我，爱慕虚荣，追崇优越。

不过，当时我绝不会这么承认。我甚至自以为潇洒地认为，怎能让孩子为钱的事情烦扰呢？赚钱是大人的事，花钱则是小孩的活。

我的父亲是一名教职人员，母亲从摆路边摊做小生意开始，最后在乡下开了一家小百货行。父亲下班后，会跟母亲一同协理百货行的各项事务，胼手胝足，创造财富。

为了让我们的生活过得更好，为了在亲族之间能够昂首立足，他们一有积蓄就会买地置产，不断投资，以致家里经常缺钱周转，为此而苦恼不已。

还记得在一个寂静的夜晚，父亲独自坐在餐桌前喝闷酒，为了钱的事情伤神头疼、心绪不宁；妈妈坐在他身旁，默默地流着心酸的眼泪。

年幼的我不甚明白，为什么我们家明明有钱，却因为想累积更多的资产，搞得父母如此心力交瘁、苦不堪言。

当时我暗自下了决心，将来长大，我丁雯静绝对不要为钱伤神！

刚开始踏入社会，我给自己设定这样的目标：工作满五年后，我就要达到花钱不眨眼的收入。不看标签售价，喜欢或想要的就能豪气地买下去。

值得庆幸的是，我不是名牌爱好者，否则以我那时候的消费力，应该会倾家荡产。只因我就爱随心所欲地“黑白买”[①]，家里的衣柜总是处于随时快爆炸的红色警戒线，十分可怕。

作为财经记者，对于产业经济的动态和趋势，我总能掌握第一手资料。加上专业分析与判断，诱发我热衷于各种投资买卖，尤其偏好高风险投资。

正所谓，“风险愈大，获利愈大”嘛。

才不过三十来岁，我就享尽赚取“投机财”的成就感。

可是好景不长，2000年美国网络股迅速泡沫化，我所积累的资产，一

① 黑白买：随便买。黑白，即闽南语“随便”之意。

夕之间化为乌有。

从那以后，我的投资个性就偏向保守。同时，我也领悟到 easy money easy go（来得容易的钱去得也容易）的道理。

来得快，去得也快啊！

我一直觉得，生命中的任何安排，都有其意涵。就看你是否读懂，并透彻个中提示。

不赚“投机财”的快钱后，我脚踏实地工作，其实赚的也不见得比之前少。

重点是，我不再鬼迷心窍般追求数字无限大的游戏，而是更在乎生活的质量与内容。

而今，我跟我的两个孩子，一同学习“人生减法”：尽量减少没有必要的物质欲望，从而减少奢侈浪费。

这么做不仅减去浪费，还是自律、务实以及惜福爱物的态度。

着实困难，但是尽量。毕竟我们活在消费主义无限膨胀的时代，诱惑无所不在，鼓吹消费的声浪从来不绝于耳。

我和绿蒂、荞安互相惕厉，督促彼此。

我们从日本旅行回到台湾不久，接着换豪太去欧洲玩。

夏绿蒂给豪太买了一份小礼物，她说用日本小礼品来换欧洲大礼物，应该划算，稳赚不赔。

连买个礼物送男朋友都这样斤斤计较，费尽心机，夏大小姐难不成是做奸商的那块料?

“万一和豪太分手，他送你的那些礼物该怎么办？”

夏大小姐没有半点儿迟疑，回道：“继续用啊！物尽其用是美德，我不会因为情绪和东西过不去。”

“从日本回来后，见到豪太有‘小别胜新婚’的感觉吗？”

“还好！我现在愈来愈觉得,我们只是好朋友。豪太应该也是这样想的。”

绿蒂淡然地说，语气中我听不出来有半点儿纠结或感伤，更似心如止水。

我忽然有个直觉，这对小冤家的戏码，应该快要结束了！

恋爱啊，何尝不是一种减法?

通过删除法，愈来愈认清自己想要的是什么人。

这张签从夏绿蒂的感情发展来看，似乎非常的准啊！

- Chapter 18 -

## 关于一些必须接受的事实

从日本旅行回来之后，夏绿蒂几乎天天都在画画、阅读小说，以及看她最爱的《康熙来了》。有时会陪我去运动，上健身房挥洒汗水。在升高中前的这个暑假，她整个人都处在节奏放缓的慢活模式。

反观她的同学，几乎所有人都上各种补习班，每天利用大半时间预习高中课程。毫无疑问，面对即将展开的高中生涯，大家无不严阵以待地迎击。

看看我的亲生女儿，总是一副老神在在、逍遥快活的样子，与世隔绝般活在外太空……真是谜一般的夏绿蒂啊。

她的身周，甚至整个社会，都在推崇“快养”即是王道的生活方式，她如何不为所动,坚持自己的“慢养”体质的？而我,作为她的娘亲又该怎么办？

夏绿蒂真的就是那种需要“慢养”的典型，她喜欢无压力学习法，总有一套自己的学习节奏。

小时候，她学小提琴，刚开始遇到严重的瓶颈期，怎么样都拉不好。我看不下去，花了一点儿精力督促她，但被她婉拒。她坚持学习应当要有自己的节奏和乐趣。

有一次，我问她为何不花多一点儿时间练习，赶紧让瓶颈期过去，不是很好吗?

她的回答竟是："小提琴是我一辈子的好朋友，我要花一辈子的时间来认识她，跟她相处。你们为什么只会认为我拉不太好，就是在'瓶颈'，而不是觉得我正在'经历'她呢? 我有我和小提琴之间的节奏，请尊重我们之间的关系。"

夏绿蒂这死孩子，自小伶牙俐齿，天生就是辩论高手。并且，经常以挑战父母为乐，经常让我们夫妇哑口无言。

在这个放松到不能更放松的假期里，夏绿蒂的创作状态，进入一种飞跃境界。

她从小就喜欢在考试卷上乱涂，在饮料瓶上"创作"，都是极为随性的素人画风，有点儿类似台湾画家洪通的风格。但这段时间，她的小宇宙大爆发，开始将童趣和诡谲进行了巧妙的结合，在画面上形成一种极为冲突、带点儿违和的现代感。后来，我要求她在每幅画上写点儿什么，例如，在这幅《迷羊》的创作中，她记录了心中想法：

我曾经有梦

你们说 理想就在眼前 要我放胆去追

但你们又说

乖！孩子 请你跟我这样做 世界很危险

最后

我的心不见 嘴巴被缝住

只剩下空洞的双眼

我是一只洁净的迷羊

看看，夏绿蒂这死孩子就是这样写我们的——嘴里都是开放的语言，但实际上却又是四处设限，用这么高级的语言提醒我们千万不要当“假开明”的父母。

绿蒂积极地创作，且表现出不一般天分，固然值得欣慰，但一切在我的认知里纯属玩乐、休闲，不具任何意义；眼下那散漫的课业态度，还是让为娘我不免悬心担忧。

这个大小姐的读书习惯，是在初中最后一年好不容易才养成的，结果一考完，又进入了故态重萌模式。到了高中，难道又要“砍掉重练”吗？有时按捺不住，我便会碎念她：“高中课程很难耶！你真的不去补习吗？”

回想我的高中时代，尽管自认资质不差，擅长考试，但也倍感课业吃力，不怎么好应付。夏绿蒂你凭什么在那优哉度日，不食人间烟火？

那时大学的录取率不到三成，每个高中生几乎整日都在埋首苦读，拼命补习，挤破头都要勇闯那道狭窄的大学之门。

那道大学之门，就是未来的全部。

没有人谈论个人志向，一切全凭联考分数决定自己的兴趣，以及他日的志业。

过去台湾地区整体社会的看法是，考上大学的便是优秀人才，前途光明，无可限量。至于落榜者，就是被社会淘汰边缘化的一群人。

诚然，现下的时代，很多孩子不需要，也已经没有这种思考。行行出状元，只要找到自己的兴趣所在，任何事情都可以干得轰轰烈烈，走出一条与众不同的人生路。

夏绿蒂就是拥护这种信念的孩子。

可是当你问她："将来想做什么？"

她回答的是："不知道。"

见我满面愁容，心心念念地纠结于夏绿蒂如此散漫而别人早已开跑，夏绿蒂却始终满不在乎。

不仅如此，绿蒂又有新论调来刺激她娘。

"妈，你是什么时候找到人生志业的？"她问道。

"35 岁。在凤凰拍历史纪录片以后。"我脱口而出，立即就后悔了。

不妙，我掉落夏大小姐的陷阱！

夏绿蒂见猎心喜，顺藤摸瓜地说道：“我现在几岁？我才15岁。你念高中的时候，有想过这辈子要拍纪录片吗？”

夏大小姐快狠准地击败她老妈。

她一甩飘逸长发，转身离去前，抛下致命的最后一句话：“请给我时间去探索好吗？”

胜负揭晓！她妈输得一败涂地。

“对！给孩子时间探索与寻觅。”我心中再次响起这样的声音。

我似乎又犯了为人父母的“着急症”！

绿蒂还很年轻，需要经由更多的时间加以陶铸。为娘我的心脏，务必得再坚强一些不可。

就夏绿蒂现在保持的观念，可想而知，接下来的高中生涯，将有无数未知的考验和挑战接踵而来。我必须把每件可能发生的事，都视为给她带来成长与改变的契机。

9月份，高中开学。

上课第一天，夏绿蒂就哭肿着双眼回来。

根据她的描述，她患上高中适应不良症，从第一堂课流泪到放学。苦主全心全意地在哭泣，课堂老师到底在说什么，她完全听不清楚，也听不进去。

我实在太震惊，心中的独白是："夏大小姐，你这是在念幼儿园吗？"

"你一定觉得我很好笑是吧？我也这么觉得。"夏绿蒂喃喃自语地说着。

我的震惊又深一层，她怎么知道我在心里笑她？

我假装镇定地掩饰嘲笑，赶紧安抚眼前这位高中一年级的幼儿园学生。

原来夏大小姐在正式上课那一刻，赫然发现眼前所有的人和事物，皆是全新且陌生的。接续心生一股伤感之情，犹如溃堤之水般一发不可收拾。

尽管事先已有三天新生训练作为暖身，然而都是集体活动，例如破冰游戏、演讲座谈参访"台北故宫"等，而非正式上课。

这对心思敏锐的夏绿蒂来说，是有所差别的。

一直到正襟危坐于课堂，全新的氛围张力十足地笼罩着她，绿蒂这才真正体悟到，初中生活已然身处后方，并清晰地感受到"长大"正以强大力道，没有理会她的意愿，硬是拉扯着她往前奔走。

这让她慌张失措、万般不舍。

果然是个"慢养"的孩子。虽然心思敏锐，但感受却老是比别人慢了半拍。

面对这种情况，有的父母会觉得，都已经长这么大了，还有这样的情绪挺不合常理的，并且甚是无聊。

脾性温和、贴心理解的父母会说："慢慢就会适应的，加油啊！"

没有耐性的大概就发火责备：“你已经是高中生了，这是事实，好好接受你的新生活！到底有什么好哭的？”

因为不适应高中生活而哭着返家的人，确实并不寻常多见。

这么独一无二，就属我家夏绿蒂了。

绿蒂能有如是诚实且强烈的情绪，我震惊之外，其实更多的是宽慰（我果然是个怪咖母亲）。

我乐见她用心感受“成长”滋味，悉心感知情绪变化，尝试理解和对话，是体悟人生的步骤。

夏绿蒂落着涓涓热泪，淌着潺潺鼻涕，一遍遍诉说，她是多么怀念初中的导师和同学。我和妹妹荞安分别给了她拥抱，然后协助厘清她内心的恐惧，以及究竟排斥着什么。

我们三个女生，窝在书房的沙发上聊了起来。

我负责跟绿蒂攻防、解析；荞安抱着姐姐，给予她温暖。

“为什么我有种强烈的被割裂的痛，总是不知不觉地流下眼泪？我告诉自己不要哭，但泪水就是止不住。”绿蒂徬徨地看着我，说道，“我不知道自己到底怎么了。”

哭得激动的夏绿蒂，颤抖着身子问我：“难道，成长真的就那么痛苦吗？”

我突然被这问题问住。

是啊，女儿。有时候，成长是残酷无情的、锥心蚀骨的。

长大这事儿，从来都不容易。

“成长的蜕变期是痛苦的。蜕变完以后，就又能再度展翅高飞、自由翱翔。你正好处于经历的过程中，所以才会感到痛苦。”

好像没听见我说的话，绿蒂自顾自地说：“一切都不一样了……”

“哪些地方不一样？”

“老师、同学、环境都不一样了……”

“你有那么在意老师吗？不是说，初中很多老师你都不喜欢？”

“突然觉得导师很好，同学们好好。我非常想念他们。”

此时，我大约嗅到问题点了，是张豪太！

高中的教室里，没有她的男朋友张豪太。她原本依赖的对象顿时消失，刹那间，她没了依靠，感到心慌。

我小心翼翼地问：“是不是，不习惯教室里没了豪太的存在？”

绿蒂瞬间放声号啕大哭。

又被她妈料中！

要死了，哭得这般凄厉，隔壁邻居不知情还以为我在毒打女儿呢！

真想狠狠训她一顿说：谁叫你不认真，跟豪太程度差异这么大，导致现在无法上同一所高中。

如今的局面，怪得了谁呢？

马上我又转念，觉得自己真是个俗不可耐的母亲。

谁说孩子现在的状态，就足以定终身而论之？况且人生旅程的目的，并不是一个漂亮学历可概括的。我现在去责难夏绿蒂，此举不但是马后炮，而且甚为肤浅，对当前问题毫无助益。

好吧！夏绿蒂的关键问题是，要好好面对和接受一个事实：张豪太不再是她的同班同学了。

既然事实已无法改变，我们唯有尽量安抚、改变绿蒂的心态。

隔天下课后，豪太到家里来读书。

夏绿蒂跟他说，自己是如何地不适应高中生活。

豪太几乎难以理解她的心情：“好好去玩社团啊！高中社团很多，都去参加看看，了解自己的喜好！”

豪太很开心地分享他参加社团的经验，试图劝说绿蒂多投入社团活动，进而转移无谓的胡思乱想。

“我每天光是社团都忙不完了，哪有时间想以前的事？夏绿蒂，一定是你太闲了！”

眼见豪太沉醉享受高中生活，绿蒂觉得他完全无法理解自己的心思。

这种情形之下，她自然不会告诉他，自己的不适应和落寞，其实是没有他出现在教室的缘故。

这简直是自讨没趣、自取其辱，谁叫她成绩这么烂，初中时不认真念书。

当天晚上，绿蒂的心情忽然间转变。

她坚决地告诉我："妈，我必须接受豪太不再是同学的事实。我们终究要分开的，不可能一辈子当同学，不可能一辈子当恋人，不可能一辈子在一起。我要学着自己长大！"

怎么才一个晚上，跟豪太聊天以后，状况就差这么多？

果然，孩子的智慧之养成，需要的是刺激，而不是特定答案。而豪太，给了夏绿蒂最好的刺激，让她认清与振作起来。

只是，夏绿蒂要适应的，不只是豪太不在身边，还有新的学习环境与伙伴。

喔！不对，应该是同学们要如何适应她、接受她的问题。

甫开学便连续哭了三天，每天都迟到，进了教室就绷着一张扑克脸，任谁也不敢靠近。同学好意跟她说话，她却迅速"句点"了别人，终结话题。

难相处到了宇宙最极点。

事后，绿蒂提起这段时间，对自己的傲慢深感抱歉，觉得对不起同学们。

只能说绿蒂颇幸运的，同学都愿意花时间等她，随时给她伸出友谊的双手。

高中也会举办学校家长日，不过参与的家长明显比小学、初中少很多。

由于绿蒂的上学情况不甚稳定，我和夏爸爸决定到学校走一趟。

果不其然，夏绿蒂让导师倍感忧心，以为她是拒绝上学的孩子。

我们跟导师说明，绿蒂仍处在适应期，需要些许时间调整心态，还请老师多加担待。

很幸运的，绿蒂的导师是位年轻、善解人意、不刻板的女老师。

她积极协助绿蒂适应高中生活，私底下也请各科老师关照绿蒂，并安插同学当暗桩，接近并了解绿蒂的情况，再随时给她回报。

原来如此，难怪一副生人勿近姿态的夏大小姐，还有同学愿意靠近，一切都是导师的悉心安排。

“真的让老师费心了！”我由衷地跟班导师说，心中无限感激。

我跟老师们说，依我对夏绿蒂的了解，适应期应该会维持两个月左右。过了这段期间，她就会逐渐接上轨道。

也许对学校而言，两个月是很长的时间，那可是半个学期。但是，孩子的成长，有时候就是得花时间来熬炼，无法拔苗助长。

夏绿蒂的高中生活作息，始终一片混乱，唯独跟豪太每星期两小时的约会，仍然规律地进行中。

我心底清楚，倘若没有遭逢重大打击，这孩子是不会有所转变的。

开学后不到一个月，某个星期日早晨，夏绿蒂没由来地早起，边唱着歌，边整理书房。

我们又被惊吓到了。素来周末放假，不到日上三竿绝不离开被窝的夏绿蒂，到底是在演哪出？

我调侃她的反常行为，故意吐槽："今天太阳长得跟平常不一样呢！"

绿蒂忽略我的酸言酸语，说道："妈，我跟张豪太分手了。"

一大早就给她娘吃个大惊当早点。

我满腹狐疑地问："什么？我没有听错吧，不是说好复合条件了吗？好像是，即使升上高中后，至少也要在一起一年？"

绿蒂平静地说："是我提的，他没有挽回。"旋即，她问我，"妈，你邀请豪太妈来家里聚餐，那该怎么办？"

"没有怎么办啊，照常进行。"我回答。

夏大小姐潇洒地回应："好的，我会参加，并且担任小帮手，你放心。"

放心什么啦？

夏大小姐，你现在是什么情况、什么情绪，我完全摸不着头绪啊！

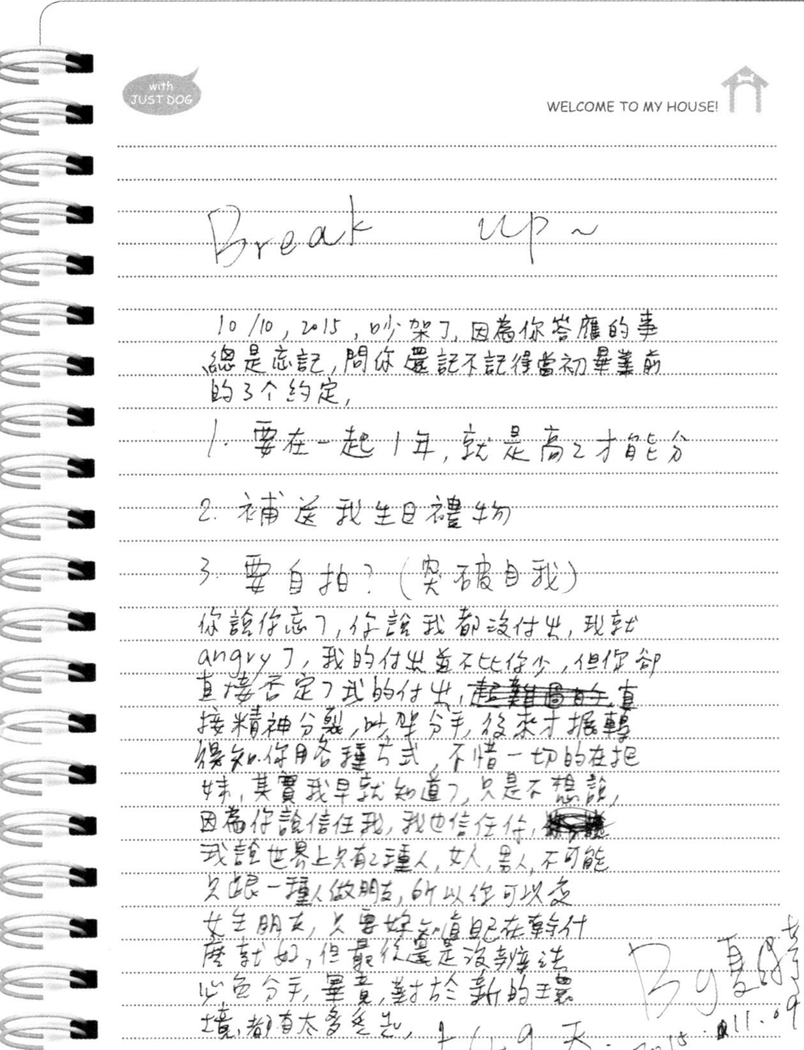


这是绿蒂和豪太最后一次分手。

- *Chapter 19* -

# 谢谢那个让你失恋的人

夏绿蒂和张豪太，有着这样的约定：上了高中，至少要在一起一年。

开学初期，小情侣是铭记在心且依约遵循的。每个星期的周二、周四，豪太下课后便会到家里来看绿蒂。

“小两口儿”一起念书，交换生活心得。

后来，随着豪太愈来愈投入社团活动，两人碰面读书的时间，从原本一个星期两天变成一天。

此外，假日的时间，豪太还要参与社区和高中棒球队。一下忙着高职联队的“黑豹旗”比赛，一下又要投入校际联谊赛，行程赛事满档。

两人见面的时间愈来愈少。

夏绿蒂并不在乎相处时间变少，只是，她察觉两人每次见面的话题，已经难有交集。

她聊到学校吉他社的事，豪太不了解也没共鸣，听起来索然无味。谈到班上的同学谁跟她比较好，遇到了哪些糗事，豪太也是猛打呵欠。

同样，豪太讲起历届“黑豹旗”的传奇投手，有过哪些啧啧称奇的事迹，反问夏绿蒂知不知道，拼命摇头的夏大小姐，立刻浇熄豪太的谈话兴致，一副“反正你说了我也不知道”的无奈表情。

我问夏绿蒂：“不是无所不谈？不是不要互相隐瞒心事吗？”

“我愿意听啊！是他不太想讲。为什么不讲呢？一定是心里有鬼！”

夏大小姐开始在那边自我演义起来了。

我及时制止她的捕风捉影：“等一下，你这话有失公允。你有跟豪太说，学校体育班的男生，经常对你‘行注目礼’吗？有说哪几个比较调皮的男同学，不时跟你打闹吗？”

“我才不要讲呢！讲了，他又疑神疑鬼，何必呢？”

“豪太的想法，或许和你一样，怕你多疑啊！你们彼此如此有心防，这样的恋情，早晚要出状况！”

“唉呦！最麻烦的事，我们现在连讲话都要拼命找话题。常常遇到没话说的窘境，突然安静场面就会很干、很冷场。这才是大麻烦！”

夏绿蒂是诚实的。

尽管绿蒂有时候会犯花痴，看到帅哥做出口水直流模样，但都是同学之间闹着玩，纯属娱乐效果罢了。

学校有男生喜欢她，她就表明已有男朋友，并感谢对方的心意。很快地，班上同学都知道，夏绿蒂已经死会（已有对象），男朋友就读台北一中。

一个多月下来，绿蒂逐渐意识到一件事：她和豪太的“差异”正在加剧中。无关乎两人高中门第差距的问题，而是高中生活圈的现实。

绿蒂后来告诉我，“一中人狂爱一中”的程度，不是一般高中生所能体会的。他们有自己的编班方式，只要光看班级号码，就知道你是第几届的毕业生。

一中人还有属于自己的“一中语汇”。譬如：这个人很爱“汁妹”，风流到极点。所谓“汁妹”，就是“把妹”的意思。或是：他们已经是“CP”了。意指两人是情侣（couple）的意思。

这类繁复大量的“一中语汇”，常让夏绿蒂不知豪太在说啥。

“专属的一中用语，是一种莫名的身份阶级、隔绝甚至歧视，我有点儿受不了。”绿蒂说道。

绿蒂在豪太家，看到了一本《完全一中 能 K 能玩》手册。里面详尽介绍了台北一中各部门的功能、如何使用图书馆、社团性质和特色以及每位老师的简介等。

“他们用一本厚厚的手册介绍一中，而我们学校却只用一张 A4 纸就搞定。这就是‘用心’的区别，这就是货真价实的‘差异’。”

看着豪太如此热爱一中，原本对学校超冷感的绿蒂，有了新的自觉。

夏大小姐心中燃起一把莫名的正能量之火，说道："我终于明白，我先前之所以无法投入高中生涯，那是因为我打心底藐视自己的学校，这多少是受到豪太的影响。我竟然完全没意识到，瞧不起安康高中，就是鄙夷自己的意思！"

说着说着，她紧握拳头，我以为她正在发表得奖感言。

"英雄不怕出身低。人生路遥遥，虽然我无意跟谁竞赛，至少我要先学习自我尊重，我不能自我贬低，况且我凭什么瞧不起同学们？我不应如此，也不该如此！"

好的，我这就颁发"最佳醒悟奖"给夏绿蒂同学。

请各位掌声给她鼓励下去！

夏绿蒂做出这样的自我剖析，终究算是好事一桩。

尽管她刚适应高中生活，很多事情还没理出个头绪，成绩烂得跟浆糊一样，但在自我觉醒上，她的确是有颗相对敏感的心。

"妈，你知道一中有个'表特版'吗？"

"表特？是'表扬很特别'的意思吗？"

答案一揭晓，立即凸显我的回答非常土气。

"表特版"（beauty 版），或称"帅哥美女版"，是台湾网友专门分享帅哥美女的版面。

台北一中有专属的脸书社群“表特版”。

除此之外，还有一个“八校表特版”。这是台北最好的前八所学校所组成的脸书社群。

规定是，只有八大名校的学生才符合资格参加。

这八大名校的学生，将来考上前五志愿大学的比例甚高。换言之，他们大部分是未来上了大学以后，可能会成为同学的一群人。

夏大小姐的见解是：“加入‘八校表特’，就像参加私人俱乐部一样，他们是从高中会考中取得门票进入其中的。他们身份特殊，自成交友社群。而我在豪太的心里，已经变成闲杂人等。”

“有这么夸张吗？”我不太认同。

夏大小姐叹了一口气，说道：“这不是夸张，这是事实，也是现实。”

11 月份，我和豪太、豪太妈相约到家里吃饭。

一来是让豪太看看，我正在写他和绿蒂的书稿；二来则是欢迎豪太妈成为我们家的朋友。

豪太最后一次来家里的那个下午，一如往常地，他一放下书包就打开冰箱吃起了冰块。接着看了一下子书，开始弹吉他，哼着有点儿走调的歌。

小情侣有一搭没一搭地聊着天。

下午 4 点，豪太就离开了，去参加八大联校的吉他社团演出活动。

作为吉他社的一员，学长学姊们若有演出，他们必须去充当观众。这是传统，也是义务，这样以后他们演出才会有人来看。

当然，他们也可借此机会进行联谊活动。

豪太走得有点儿匆忙，遗漏在我们家一张 CD。夏绿蒂 LINE 豪太，他回复说活动结束就会来拿。

结果，那天晚上豪太并没出现，也没传来任何讯息。

夏小姐不敢上床睡觉，最后等到凌晨 1 点才去就寝。

隔天，豪太一直没打电话来。对于没过来拿 CD 这件事，一副完全没事的样子。既不说明，也没道歉。

夏大小姐有点儿气不过，于是在 Instagram（**一款应用程序，可分享图片，简称 IG**）上发了一篇抱怨文：

“耐心已经用完了，别再挑战我的极限啰！最讨厌有人说要来找我，或是晚点打电话给我，然后忘记。重点是，事后还没有任何表示。哇！是当我很闲唷？是在耍我吗？你是交际花好忙好忙，我好闲、好有空、好无聊就该等你？不要太过分呦！”

果然是天下第一号戗声姐。

豪太看到发文后也很气愤，以“记性不好”一笔带过。

原本只想发泄闷气，夏小姐心想，既然完全不在乎，一点儿信守承诺的诚意都没有，不如尽早了断算了。

她在 LINE 说：“我们分手吧！”

女孩儿心思，原本只是想刁难豪太，没想到他竟然说：“是啦！你是女神，我是永远的男仆，我就该随时等候你差遣！”

豪太这番话，踩到了夏绿蒂的痛处。

说到“女神”，她已经多久没尝到当女神的滋味了？还在那边自认是世界上再找不到像她这么善良的女神，不明为何豪太就是不知道她的好。

两人在 LINE 上大吵一架，没人愿意退让，最终决定分手。

按照吵架的往例，豪太会立刻出现在我们家楼下，但那天豪太迟迟没出现。

另外，非比寻常的是，他在一中班级的群组中，发布恢复单身的消息。

豪太好友问起时，他极为无奈地表示，不明白夏绿蒂为何要小题大作，应该是有喜欢的人了，借此机会想要分手罢了。

豪太私底下和同学互动的消息，竟然都在绿蒂的掌控之中。

我想，夏绿蒂未来应该有个事业可做，那就是当密探。因为她处处都有线民，讯息网铺天盖地，叫人无所遁形。

分手当天，绿蒂非常镇定。

我原本预期应该会出现七级强度的大海啸，结果竟然无风也无雨。

眼见小冤家经历多次分合，感情应该变得更加稳定坚实才对，为娘的替他们感到有些不舍。

“你们两个人的承诺呢？不是说好高中在一起，一年内不准分手的吗？怎么都没人提啊？”

绿蒂反过来安慰我：“亲爱的老妈，算了！他压根都没有再提这件事。”

“当初你们信誓旦旦要用一年时间来走过考验，不是吗？”

“是我先破坏约定，但我的目的是要考验豪太，没有想到，他竟然顺水推舟地答应了。”

“这次分定了？”我追根究底。

“应该是。”绿蒂似乎看透，两人已经正式告别。

“怎么没哭呢？”

“想哭，但哭不出来。不知道哪一天会爆发。”绿蒂平静地说。

我们和豪太妈的约会照旧进行，并没有因小情侣分手而流局。

孩子是孩子，大人是大人。豪太妈同我有着一样的默契。

我告诉绿蒂，还是可以邀豪太来参加。她说早邀了，只是豪太说没空。

渐渐地，原来绿蒂比起过往，又长大了许多。

她和豪太吵架分手的时候，还是有提醒他两家人要一起吃饭的事。她很清楚，做不成情侣，仍可当朋友。

既然豪太婉拒，她也就不勉强了。

豪太妈到家里做客当天，夏绿蒂很称职地担任前场招待工作，我则在厨房张罗料理。

夏绿蒂陪着豪太妈聊天，豪太妈很关心她的心情。一直跟她说，以后再找一个更好的。

这怎么叫人不感动呢?

豪太妈越过前男友母亲身份的尴尬立场，发自内心安慰绿蒂，真心关切她正处于失恋的心情，要她找一个比自己小孩更好的人。

绿蒂那天的表现异常成熟。

既没有抱怨豪太，也不提起分手因由，只是淡淡地说："缘分尽了。"

她跟豪太妈说，豪太是她很珍惜的朋友，也非常了解他，只是现在暂时做不成朋友。等事情过了一段时间，或许彼此仍然愿意珍惜，还是有机会再当好朋友。

那天下午我和夏爸爸忙着张罗食物，穿梭于厨房和餐桌之间。有时停下来和豪太妈一起聊聊天，听到绿蒂和豪太妈的对话，我有点儿不可置信，这些是15岁小女生会说的话吗?

更正：这些是我家夏大小姐会说的话吗?

绿蒂和豪太分手满一个月。

我每隔一段时间，都会问一下绿蒂："真的没事了吗？"

"妈，你很奇怪耶，只不过是结束了一段恋情，一定要看到我呼天抢地不成吗？"

夏大小姐，你倒说得轻巧！也不想想你先前有过哪些失心疯的暴走行径？为娘的稍微关心，竟被责怪大惊小怪起来了呢！

而且还斗胆说我奇怪，你这死小孩！

某个周末午后，我看绿蒂很认真地在写笔记，然后对着笔记一直笑。

一问之下，才知道这是她和豪太的爱情记事簿。

"我真不敢相信，我曾经那么深爱豪太，几乎是没他不行的状态，我还为他醋性大发。我根本没料到自己占有欲这么强，真是太有趣了！"

绿蒂一边看记事簿，一边赞叹自己的情感是何等丰沛，同时也回味她和豪太一起牵手走过种种美好的情节。

她用愉悦的心情，面对这一段爱情故事。

听着她精彩的叙述，如同谈论着一段别人的美好恋情似的。

“你觉得，豪太带给你最棒的经验是什么？”

“他带领我离开堕落，也带领我学习、体验很棒的恋爱课程。”

“你真的不气他？”

“说不气是骗人的。但仔细想想，我心里是感谢他的。”

绿蒂在笔记的末页，对豪太写下一段话：

“祝：找到一个你理想的对象！”

最后的最后，她说：“谢谢你！张豪太 :-)”

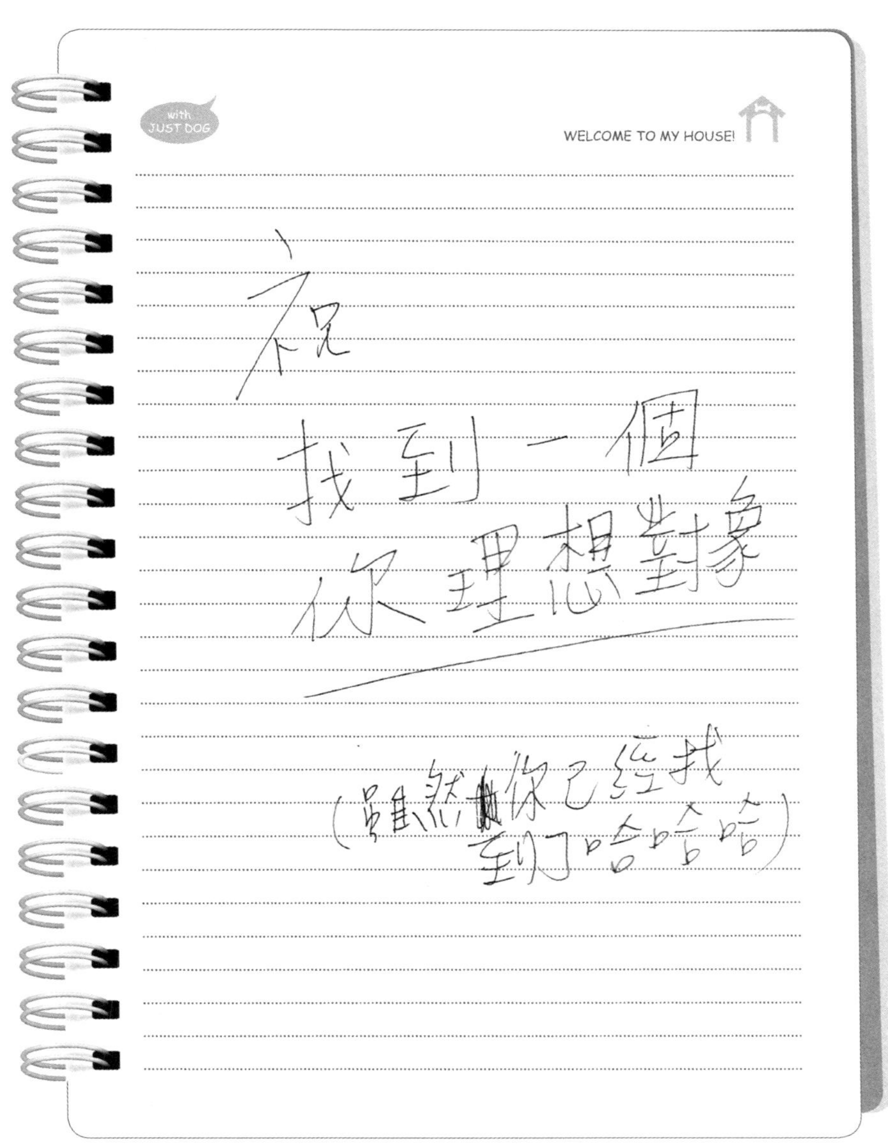


分手不悔恨，戏谑中祝福，15岁的夏绿蒂，确实不容易。

# 外四篇

- No.1 -

## 继续追爱的囧女孩

距离 2015 年我写《亲爱的夏绿蒂》已经整整一年了。这一年里，那个曾经因为和张豪太分手而哭成鲇鱼眼的夏绿蒂，据了解现在已完全免疫。

过去的恋情已经成为她记忆中的一部分，抹去悲伤的情绪，留下的尽是美好。除此以外，她还总是说，没有张豪太的激励，她是不可能上高中的（虽然日子依旧过得很废）。

至于豪太那边的感想，我不很清楚，只能从夏绿蒂的叙述里自行脑补。

从分手到现在这段期间，两人有见过面。

一次是在初中母校办校庆活动的时候，两个人都有去参加，当时距离他们分手不过半年多。可笑的是，两人连个招呼都没打，相互之间的距离宽得就像一条银河，他们就像牛郎织女一样，站在了银河的两端。（这比喻隐隐觉得哪里不对……）

又有一次，高一暑假刚结束，夏绿蒂巧遇正在地铁站口发呆的张豪太。这一次夏绿蒂突然来了兴致，跑过去吓他，吓完他以后还在马路上大声跟他说“再见”。根据夏绿蒂的描述，豪太当时被吓得逃之夭夭。

综上，我猜，对可怜的豪太来说，夏绿蒂应该是他永远的梦魇吧！

不管怎么样，如今 16 岁的夏绿蒂大小姐，在初中青涩爱情结束之后，决定洗心革面，再次开始爱情捕猎之旅。

在和豪太分手之后，这位夏大小姐终于有了一段空窗期。虽然是空窗期，但她过得十分充实，每天忙着寻找猎物，而且不计形象地扮演花痴。

有一天，她口出狂语地向全世界宣告：“‘帅哥’这种现代视觉产物，身为女生要好好地保护他，然后再把他们吃掉。”

我终于忍无可忍了。

“喂！夏小姐很恶心耶。你能不能正经一点儿？”

“丁雯静，你落伍得可以，这是野兽派当道的年代，你们那种苦恋的相思模式早已经淘汰到太平洋去了。我不是森系女孩，我是肉食女，我爱吃肉。”

紧接着，你就会听到她疯癫地唱着陶晶莹的歌“十个男人，七个傻、八个呆、九个坏，还有一个人人爱，姐妹们跳出来，就算甜言蜜语把他骗过来，好好爱不再让他离开……”

夏小姐如此令人惊悚，为娘我不得不说上两句："怎么追爱追得如此不优雅啊？太没有艺术感了，你妈是无法欣赏这种的。"

此时，夏绿蒂总以翻白眼，作为我们互动的句点。

在很长一段时间，她的捕猎过程乏善可陈，以至于她很多时候不得不靠演内心戏来丰富缺少男主角的日子。

"妈，你知道吗？今天我在公交车上，遇到全校颜值最高的学长，他竟然选择坐在我旁边。哇，你不知道，车上那些女同学们，差点儿要吃了我呢！"

这位夏小姐相当入戏。

据她说，和颜值担当的学长坐在一起，竟能让她一路倾听到自己的心跳声，甚至于她的那张小脸则涨得像"面龟"① 一样红。

"丁雯静，你知道吗？下车时，学长还跟我说再见耶！我想让地球冻结在那一刻，不要再运转了！我们班上的女同学眼睛红得都像火星人一样。她们一直在我身旁哀号：凭什么！凭什么！"

就这么一点儿乏善可陈的剧情，这场公交车巧遇记，就可以被她说得像奥运赛事般精彩。

看着说得眉飞色舞的夏小姐，为娘我竟一阵心酸。

---

① 面龟：求神祭拜时的一种祭品，形状是一只红色的乌龟，在这里是用来嘲讽夏绿蒂害羞的表情。

好不容易陪伴她辛苦读书一年（**根据夏小姐的说法只有100天**），从原本的PR10挤上PR68[①]，不好好珍惜来之不易的成绩乘胜追击，倒将大把的时间用来对帅哥行注目礼，玩这种自high的游戏！

我不由得一阵失望。

“丁女士，生活一定要这么严肃吗？看看你那大眼睛里透露出来的讯息！我知道啦，你就是想听我说，老师今天教《论语》时说了什么吧。例如跟你说说，子曰：‘学而时习之，不亦说乎；有朋自远方来，不亦乐乎。’然后和你探讨探讨人生学习和为人处世的道理，你是不是就很开心？可是我跟你说，这些都是强记强背的法典，但我根本没感觉，所以无法和你进行讨论。学习的事情，我自己会掌握，你真的不用操这个心。”

啧啧，听听！夏大小姐虽然常年耍白痴，其实相当会察言观色，看我一阵失落，竟然还好意安抚起来，虽然……这个只会辩论的死孩子，安抚人的大段言辞也是相当欠揍。

不过，上了高中的夏绿蒂的确做了很多突破。原本死活也不愿意在众人面前唱歌，竟然被选为吉他社主唱，还上台表演；一向排斥制式团体活动的

---

① PR10挤上PR68：PR10的意思是在群体中智育成绩平均100人只赢10人，也就是在统计学常态分配图落在倒数的10%。以此类推，PR68就是平均100人赢68人。

她，在一个司仪选拔会上，只是陪同学去壮胆，本着志在参加的心态，竟然意外入选——和很多明星的故事一样一样的，虽然她不是明星。

她已经逐渐适应高中生活，凭着浮夸的表情、张扬的性格，很快地和同学们又打成一片。那个原本开学时，因为怀念着初中生活，哭得死去活来的夏小姐已经彻底蒸发在地球表面了。

为娘我也只能拿这些毛毛雨来安慰自己了。

做人总是要有耐心，不知我是否能等到夏小姐幡然醒悟发愤图强的那天，但夏小姐在经过很长一段时间对各位男同学狂打分数的娱乐活动之后，居然终于将目光锁定下来。

“他长得超像阳岱钢[①]，是阿美人。上韩文课时，每每从一旁观赏，就足让我神清气爽一整天。”

不只是在课堂上，小阳岱钢在操场运动练体能，夏小姐就光明正大地在三楼走廊上远眺她的猎物。一边还跟着同学评头论足，哪一个腿长，哪一个肌肉线条好，谁有腹肌，谁的眼睛大而深邃，谁鼻子挺，谁脸型俊美等。

综合评比下来，当然是她的小阳岱钢胜出啊！

每每听了夏绿蒂边说边收口水的模样，为娘真的有点儿为她担心：“太

---

① 阳岱钢：台湾地区旅日棒球选手中人气和年薪最高的一位，阿美人，因为外表俊美而拥有众多女棒球粉丝。

嚣张了吧？夏小姐，如果让对方知道，应该很糗吧？”

“不会啦！同学不会出卖我的。”

“呵呵。”

不久，9班的夏绿蒂喜欢小阳岱钢的消息，传遍校园，当然也传到小阳岱钢的耳里。

有一天体育课结束，一杯饮料摆在夏绿蒂桌上，纸杯上居然还画了小阳岱钢的签名。一串尖叫声，在教室响起。

夏小姐乐坏了，没想到自己的痴心这么快就有了回报。

更让她惊喜的是，除了饮料，男神本人还在放学时刻站在教室门口等她哦。

这是要表白的节奏呀！

在那样的当口，她居然还记得自己的女神身份，瞬间决定了以退为进的姿态，便装作一无所知的样子，低头娇羞地走向男神。

男神开口说话了。

“夏绿蒂，不好意思，刚才那杯饮料是4班的女生送我的，我手上有两杯，喝不完，所以一杯送给你喝，就这样。”

说完男神走了，独留夏女神一人在走廊完全回不过神来。

良久，走廊上爆发出夏绿蒂的一声咆哮：“这是什么鬼！”

像火山爆发时熔岩从内心喷发出来！

根据夏绿蒂后来的描述是，如果人生可以快转的话，这一段落肯定要用32倍速率[①]快转过去，而且从此不再回看。

一回到家，失神的夏女神用高分贝的声音说："×××你死定了！竟然用这种方式来对待我。把我当成粉丝来对待，不照照镜子，你是谁啊！我要封杀你。"

当夏绿蒂处在这种情绪的爆发期，我是不会贸然出手的。

我只淡淡地问了一句："觉得很受伤吗？"

"受伤？还好啦！只是想把对方打到受伤而已。"

据了解，这位小阳岱钢后来的际遇颇为凄惨。夏小姐开始采取睥睨攻势，把对方当成仇家，不正眼瞧人，光是那气焰，就可烧掉一座大森林。

大家现在应该非常清楚夏绿蒂的行事逻辑了，只要被她列为禁止往来户，那人家绝对会被搞得心力交瘁，很想用高空跳的姿势投河自尽，真的没有多少人可以禁得起她的如此折腾。

"有必要这么生气吗？或许是对方害羞，不想被你这样注视，搞得自己很招摇。或许对方也喜欢你，只是不懂得表达，以退为进。"

---

① 32倍速率：录放机的快转速度的说法，2倍就是两倍速率快转，32倍就是32倍速快转，就是画面转数太快，完全看不见，也不想看见的意思。

“你不觉得，他很过分吗？用这种方式耍人，是怎样？”

显然没有听进为娘的话。这位夏小姐又有一点儿旧态复萌了，好在我也没指望一个才认真谈了一次恋爱的孩子，一下子就拥有了被拒绝的气度，更别说尊重他人的选择这样深层次的进步了。

“反正我不会再理会他了！这个家伙将从我的世界消失。”

“那你可以让他安静地消失吗？不要搞得好像世人都要他消失一样。别人也要过日子，总不能让小阳岱钢一直活在你的阴影里吧！”

“不行！我就是要这样，这是他拒绝我最好的礼物。”

嚣张总有个限度，我心里很清楚，该是给夏绿蒂当头棒喝的时候了！

“听着夏绿蒂，你妈认为，你真的很自私！你是觉得每个人都要依照你的剧本演出吗？你是不是也要尊重别人的感受？喜欢这件事不是你一个人说了算的吧。你现在是一个大姑娘了，能不能学习一下尊重别人的心思，学习不要把情绪无限制往外扩散，学习不要制造环境污染。你不是很环保吗？为何如此没有公德心啊！”

被我描述得如此不堪，夏小姐果真安静下来了。

“妈妈，我有这么糟吗？”（只有这种时刻，才会好好称呼她妈。）

“嗯啊！很糟，糟透了！照照镜子看看，你一副想加入‘复仇者联盟’

的模样，可怕极了！”

“我倒想，但我不够瘦，应该说我太胖了！”

说到这里，我们谈话的对立气氛终于有点儿缓解了。

“我问你，妈妈，你有当过囧女孩吗？就是恨不得当时钻入地洞的那一种。我发誓这辈子再也不要荣登囧女孩宝座，因为囧，真是一个令人尴尬到死的事。”

终于承认自己的情绪来源是因为“太囧”。

“我醒悟了，一个穷追猛打的人一点儿都不可爱，我还是放弃花痴的身份吧！明天我将以纯情美少女的身份重新出发。”

这是哪门子的醒悟？我也要翻白眼翻到外太空去！

- No.2 -

# 夏绿蒂追“神”记

夏绿蒂上高中的第二件大事，不是继续追爱，而是入了基督教，受洗成为“教友”了。

“丁女士，星期六晚上我不回爷爷奶奶家吃饭了。我要去教会参加青年团契① 。”

这个宣告让我们全家都很震惊。夏小姐一向对于宗教仪规、教派经书视为保守势力，怎么会愿意进入教会，唱圣歌，读《圣经》，听证道？

这可有点儿不寻常啊！但任凭我如何打听她去教会的动机，得到的回答都是：“想去看看基督徒的祷告生活，而且又没要入教，不用大惊小怪。”

呵呵，为娘虽然是吃素的，但自己女儿是什么人还是很清楚的。别看夏小姐说得轻巧，她娘用鼻子都闻出来，没她说得那么单纯。直觉告诉我，大

---

① 青年团契：基督教系统里，属于青少年加入的教会组织。每个小组中，会有一名年纪较长的小组长负责带领，在小组分享会议中，协助年轻人理解《圣经》，并从祷告的生活中，见证神迹。

小姐这不寻常的行为背后，说不定又是恋爱的动机在作祟。

“说说看，你去教会是为了谁？”

“没有为什么人啦。”

如此轻描淡写，又如此闪烁其词，为娘我才不会相信呢。不过，这一次她改变风格，倒让我有些意外。

也许这一次她想要长大了，于是就不那么想张扬了，她不再想谈个恋爱就跟狂风暴雨般地横扫大地。对，低调是她这一次的主调，她体会到“见光死”的魔咒，于是小心翼翼地将新恋情保护起来。

既然绿蒂开始学习低调，我也就顺势而为，像她如此张扬的人，能学会低调未尝不是件好事。她说，人生要变化莫测，千篇一律多乏味啊！

不过，在此我要奉劝全天下的男子和女子，如果你是喜欢一成不变的人，在没有健全的心理准备前，千万不要跟双子座的人谈恋爱，因为他们真是难以捉摸的动物，一不小心会被他们整得很惨。

进入教会后，夏绿蒂变得爱唱歌了，更有自信了，而且还会自己做睡前祷告（不过据她说，不能常常打扰上帝，所以总是有事才祷告）。至于祷告的内容，她说，跟生日的愿望一样，不可说。

对于夏绿蒂大转性，为娘有点儿适应不良。她的新征兆是，不雅字眼少说了，忍耐度提高了一些（**在我看来，还是经常暴走啦**），善良度更属于母爱大喷发的等级。

每周五晚上，她会主动去服侍[①]经济弱势家庭的孩子。这些进入教会照护体系的孩子，有不少是单亲家庭、隔代教养，或是经济弱势族群。星期五的活动对夏绿蒂很重要，除了学习带小弟弟、小妹妹做功课之外，还会倾听他们的烦扰，为他们的困扰祷告，试图分担他们的痛苦。

“妈妈，我觉得自己太幸福了。拥有健康的家庭、爱我的父母、没有顾虑的经济生活。周五的服侍工作，让我可以用行动付出爱，也可以让我理解贫穷人生活的困境，以及他们的需求。”

如此正经八百的话，真的很不像夏绿蒂说的，但随着她投入教会活动愈来愈频繁，我也就逐渐见怪不怪了。

16 岁的她，投入教会后，看到了经济族群上的差异，内心有一肚子的疑惑。她总是说，这世界会不会太吊诡了？一些少数民族是台湾岛上最早的主人，为何主人最后会变成被救济的人？身处教会，夏绿蒂意识到少数民族和汉族非常微妙的关系。这段时间，我讲了许多台湾开发史的相关故事，

① 服侍：志愿者在教会所做的服务工作统称为服侍。

我希望绿蒂可以借此认识少数民族，认识他们和土地的关系。不过，这是属于知识上的需求，在我的脑袋里，并没有将它们与实际的生活状态关联起来。

我更没有想过，夏绿蒂会交上少数民族男朋友。

“妈妈，你知道太鲁阁人吗？”

这问题会不会太简单了，我心想。

“太鲁阁人和发起‘雾社事件’[①]的赛德克人有着共同祖先。在台湾人类学家调查还不是很清楚之前，‘太鲁阁人’和‘赛德克人’都被归类为‘泰雅人’，但现在都已经各自分支了。这三类人群的特色是，只要进入成人社会的男女，脸上都得‘黥面’[②]。有‘黥面’资格的男子，需要狩猎成功，而女子则是要熟悉织布技巧，他们在脸上刺上图腾，表示自己有资格进入成人阶层。简单地说，唯有黥面的男女，才有资格进入婚姻。太鲁阁人的语言和文化与泰雅人还是有区别的，所以后人一直在向当局陈情、奔走，一直到2004年才正名为‘太鲁阁人’。怎样，你妈的大脑数据库还可以吧？”

---

① 雾社事件：1930年，台湾赛德克人因为不满日本统治差别待遇而进行的抗暴行动。他们于雾社公学校运动会上袭杀日本人134人，事发后立即遭武力镇压，赛德克人重要人物莫那·鲁道自杀，参与行动的人几遭灭族，幸存者被强制迁至川中岛。

② 黥面：脸部刺青，泰雅人最具特色的文化。泰雅人大约在5岁至15岁必须完成黥面礼俗，男子必须狩猎多次成功后，才可以在额头上及下巴刺青。女子则须学会织布才得刺脸纹，所以完成纹面者，方可论婚嫁。未曾纹面者，就很难找到理想的配偶了。

经我这样一问，夏绿蒂露出欲言又止的神情。

“怎么，你新交往的男朋友不会是太鲁阁人吧？”我开玩笑地问她。

夏绿蒂竟然又犹豫了！

就在那一瞬间，我突然明白过来了。

原来，这家伙想要低调谈恋爱，是因为不想让她娘知道太多事，这让我有点儿震惊，原以为夏绿蒂应该是对她娘无话不说的。

后来她坦承，不想在她妈的“监视”下交往（我有“监视”吗？竟然这样说她娘，真是气死我了）。她说，在学校她对阿美人的小阳岱钢耍花痴，她妈只是当成好玩的事，但正儿八经地交个少数民族男朋友，就主观认定，她妈应该会有意见。

“你是用怎么样的心思来想你妈的？她大学时可是参与过少数民族运动，结识了不少少数民族朋友，她很喜欢他们乐天知命的天性，而且他们几乎个个都有一副好歌喉，但如果生活在一起，的确有点……”说到这里，我的嗓子像坏了的喇叭，从理直气壮地放送着，到后来愈说愈小声。

我的脑袋突然将模式切换到这样的荧幕：

和少数民族朋友约好要采访，突然人就瞬间掉到异次元，怎么找也找不到，找到以后才发现，并没有什么特别的事，无非是在饭馆里和朋友喝酒，或者是喝到烂醉还躺在床上。部落里的年轻人经常酒不离身，钱呢，也是有多少花多少，完全没有储蓄概念……

尽管我不想让这些刻板印象淹没我，但诚实地问自己，我的确仍有偏见。

但另一个声音又从我耳边响起：“嘿！丁雯静，你真的是个口是心非的人！嘴里说着要族群平等，但真正遇到自己的孩子，完全不是这么一回事，你真的很糟糕。”

所以，这应该是老天爷给我一个考验吧！既然这个时代的年轻人已经去除了族群的藩篱，我也不应该再有这样的念头。

夏绿蒂的新男友是太鲁阁人的孩子，叫义祥比邵，就读体育班，是角力队选手。因为从中学开始练角力，所以比邵的个子并不高，只有 165cm，仅仅比夏绿蒂高 1cm。但比邵有着深邃的五官，因比赛鼻梁被打歪过，稍稍歪斜，看起来有种不完美的帅气，平常都是运动选手打扮。新生训练时，由于比邵能一连翻好几个筋斗，老师只要他表演，他立刻“戏胞”上身，加上本身具有幽默的天性，比邵成为全年级最受女生欢迎的人物。

后来，我才得知，夏绿蒂进入教会学习，是比邵带领的。

比邵遇到夏绿蒂，同样是在韩文课。刚开学时，夏绿蒂酷酷的模样，很快吸引了男同学的目光，当时大家都知道夏小姐的花痴对象是小阳岱钢，比邵虽然也想认识夏绿蒂，但只能在一旁观望，不敢贸然行动。小阳岱钢被封

杀后，这位夏小姐再去上韩文课时，简直像个刺猬，谁都不敢靠近她。唯一不怕被刺伤的，只有比邵。

根据比邵描述，他其实想了很多方法试图接近夏绿蒂。譬如，比邵会制造在公交车站不期而遇的场景，跟着夏绿蒂一起上公交车，但夏绿蒂会将书包放在座位旁，不准别人坐，跟她打招呼也不理人；又或者三番两次在走廊相遇，跟她说说话，但总说不到两句，就已经被夏绿蒂句点；还有几次，他邀约夏绿蒂参加校外活动，也都被拒绝。

连续被拒绝，比邵已经处于半放弃的状态。最后他才想到以上教会的名义来邀约夏绿蒂，这一次夏小姐终于答应了。

连续上了一个多月教会后，有一天，夏绿蒂兴高采烈地跟我说："雯静，我和教友们要去为偏乡地区的少数民族孩子募款喔！星期日一整个上午，在台北动物园。"

台北动物园是台北唯一的动物园，也是台北假日人潮最多的地方之一，大约有一两万人出没，夏绿蒂他们去那里募款，还真是找对了地方。

"对了！比邵跟我分配在同一组喔！"

"比邵是谁啊？"

"我没有跟你说吗？就是体育班的一位男生，带我进去教会的人。"

谁知道比邵是谁？夏绿蒂也没有跟我介绍过呀，我也就当成普通一位夏小姐的好朋友了。

那天假日一大早，比邵穿着教会的募款背心，戴着教会的募款帽子，在楼下等夏绿蒂一起出门。这是夏绿蒂第一次参加募款活动，所以她特别兴奋。她和比邵被分配到同一个募款小组。募款活动意外顺利，不到两个小时就已经达标，他们共募得 25000 元台币。

在回来的公交车上，另一个意外顺利发生了。

比邵选择在这个时间地点，鼓起了勇气向夏绿蒂告白。据夏绿蒂转述，比邵在告白后，头一直低低的，不敢抬头看夏小姐的神情，更没想到绿蒂竟然大方地接受了。

所以这个意外的顺利是就比邵而言的。

夏绿蒂说，这次她不想再设任何交往条件，因为就算所有条件对方都做到，心已不再，一切也都是枉然。

“我只是要对方全心全意，如果比邵劈腿，我就把他的腿砍断。”

我听了超傻眼，这简直是恐吓：“比邵有答应吗？”

“当然答应啊！只是做不做得到还有待时间考验。”

不过，这一次的事，夏绿蒂并没有第一时间跟我分享。两人交往后一个多月，夏绿蒂看情况较为稳定了，才以跟我请教“太鲁阁人”的方式，间接

让我知道，比邵是太鲁阁人，而且两人正在交往中。

相较于初中青涩、迷惘的恋情，高中时期的夏绿蒂对爱的追求更有主张。作为母亲，我更多的状态是倾听，因为夏绿蒂已经在实践的过程中，自我对话，自我发现，也自我成长。

这孩子真的长大了，尽管还有很多的不成熟、任性的举动，但她终究愈来愈知道自己要什么了。

我呢，也终于体验到一种放风筝的感觉。一开始，风筝飞得再高再远，都有一根线掌控在我手里。可是，当它飞得更高更远的时候，高到超越线的里程，那时你终究要放手，因为你知道，它并不属于你，它是属于天空的。

- No.3 -

# 大起大落的入学记

如果用音乐来比喻孩子的个性转变，15 岁时叛逆的夏绿蒂应该是“摇滚乐”；进了教会“追神的她”曲风骤变成为“轻都市电子乐”；但随着时间渐渐流逝，“神威”终究抵达不了“本性”，夏绿蒂依旧是个不受控的孩子，现在她属于“绕舌嘻哈风”。

夏绿蒂整个高中的学习生活，就像潮水般大起大落，总是一直给她娘制造惊奇，不但成绩“满江红”（夏小姐不准我这样描述，她自认为还是有些许绿意陪衬，画面没有很单调），而且一学期迟到次数破半，光是迟到、请假，就足足让辅导室忙翻天，而导师写给家长的留言版面，都可以编册成书了。

“你能自律一点儿吗？为何基本的团体纪律都无法配合？”

只要听到她娘训斥的语气，夏绿蒂斗嘴指数就会立马飙升。

“高中生活真的太不人道了，每天光通勤就要花 1 个小时，早上 6:30

之前如果没有跳上公交车，就注定要迟到，我平均每天只睡六小时，你觉得这不是酷刑吗？为何我们不能就近学区就读？”

我实在不愿意和夏绿蒂翻旧账。我只能说，要怪只能怪高中学校太少，她成绩又不够好，根本别想就读社区高中。但夏绿蒂完全不能赞同我的论调，她认为，不管成绩如何，高中生都可以选择在家附近就读，睡饱是做人基本的“天赋人权”。

“就只是上个课而已，为何一定要黎明即起，每天当‘熊猫’？为何不让我们睡饱？为何不让我们在睡眠充足状态下学习？为何要把世界搞得如此无趣？”

一连数个“为何”让我听得直摇头：“你完全是身在福中不知福，许多偏乡的孩子为了上学，早上5：30就出门，然后一路翻山越岭，才能抵达学校，进入学习的殿堂。世界上有许多人渴望知识，为了追求知识付出很多代价。而你才区区一小时的公交车，就搞得世界毁灭似的。”

当然我这种说法是说服不了夏小姐的，她不想看特例，她认为时代不一样，想法和做法要跟着改变。类似的辩论在上高中这一年总是无疾而终，而夏绿蒂学习依旧处在宇宙开天辟地的“混沌状态”，看不到任何前景和未来。

唯一可喜可贺的是，夏绿蒂不再将所有的时间贡献给爱情，而是有计划地分配与家人、朋友和男友的相处时间。她提出了“333法则”，简单地说，扣掉睡觉、吃饭、上课、读书，剩余时间的 1/3 给家人，1/3 给朋友，最后的 1/3 给男朋友。她说，这样可以兼顾所有的关系，不会有了男友而牺牲闺密的相处以及对家庭的经营。

上高中后，夏绿蒂变得比较孤僻，不再是班上的中心，她只有两三位好友。她说，上了高中需要的是闺密，也就是成熟的谈天对象，理解彼此，三言两语就能懂得彼此的心思，因此重在精，而不是多。闺密们一起上图书馆，一起去咖啡馆，一起去逛街，一起去看展，至于看电影和上教会则是留给男朋友的。晚餐时间则大部分留给家人，除非是在学校练吉他。

老实说，我们全家很享受和夏绿蒂的共处时光，因为她总能告诉我们许多青春事迹，非常有意思，包括闺密和男友之间的趣事啦，班上和社团为了演出谁跟谁吵得不可开交啦，面对冲突她为何沉默或又为何介入啦……每天家里的餐桌时光至少一小时，没人想要离席，因为听夏绿蒂浮夸的演说，就是一大享受。我们欢喜和她相处，也感受到她独特的人格魅力，虽然也经常被她搞疯。

尽管家人对夏绿蒂的学习状态始终忧心忡忡，但对她自己而言，最忧心的不是课业，而是《康熙来了》要停播。

那天停播的消息一曝光，我立马打电话告知夏绿蒂。当时她和同学正在

前往吃烧肉的路上。据说，那天她挂上电话后，难过得又蹲在路边尖叫，完全不顾旁人的眼光。（夏小姐可以换另一种崩溃的姿势吗？不要总是蹲在路边好吗？）

夏小姐本来是那种一提到“烧肉”就可以从死亡的边缘复活的人，但那天她难过得只吃了一块肉，就觉得吞咽困难，用她的说法是，简直是“如丧考妣”（有这么悲伤吗？你爸妈都还健在耶）。

夏绿蒂喜欢《康熙来了》，除了欣赏蔡康永和小S的语言模式，更重要的是《康熙来了》是夏绿蒂的创作“鸦片”。去年暑假的创作，几乎都是仰赖《康熙来了》完成的。

你可以想象吗？边看《康熙来了》边创作，竟然是夏绿蒂的幸福方程式。她认为，看《康熙来了》零负担，访谈中充满趣味和惊喜。

我想，她可能是全宇宙看《康熙来了》激发创作灵感的孩子。

为了不让自己掉入《康熙来了》停播的哀愁，夏绿蒂选择不看最后一集，她不想看熄灯号，不想看蔡康永和小S躺在床上主持，所有的讯息一律隔绝，因为不想面对“停播”这个字眼。她宁愿相信，《康熙来了》还在，只是她没时间看了！

没了《康熙来了》，夏绿蒂将创作场域，从家里的书桌，搬到了学校的课桌。只要是数学课、理化课，她就拿起画本，边放空，边画图。她发现，自己在创作状态下，需要的是声音，有人讲话，不管是有趣，还是无趣，“声音”对她而言是陪伴，是抚慰，是灵感；而课堂的数学和理化方程式，有助于她进入全放空的状态，因为她一个都不想听，也听不懂。

“可以不要这么夸张，夏绿蒂，好好上课，可以吗？”

当我知道，她是这样度过学校的教室时光时，我又进入另一种崩溃。夏绿蒂怎么会这样，完全无视于老师，完全活在自己的世界，完全只听自己的节奏，可以如此轻视课业。

我承认，关于教养顺应体制内的孩子，我应是完全不及格，甚至是失败的。上了高中，我唯一的期待是夏绿蒂能考上好大学，于是我不自觉又陷入“成绩”是唯一的逻辑。但看到眼前夏绿蒂的状态，叫我如何告诉自己，这孩子会有自己的出路？

一年前，我不断对自己说，孩子课业不好，不代表未来没出息。有的孩子就是无法吸收板书教育，有的孩子离开校园后，才开启学习方程式。孩子如果不是读书的料，我就别一直勉强，一直在上面琢磨。现在，我突然觉得自己很荒谬，很可笑。

“你既然上了高中，又不准备上大学，那将来要做啥？”

此时夏小姐又进入翻白眼状态。

“谁规定我一定要上大学？谁说上大学才有出息？比尔·盖茨有大学毕业吗？乔布斯有吗？他们都背弃了大学，我为何一定要念？现在大学毕业生满街跑，然后呢？他们闯出什么状态来了？”

我要崩溃了。如果我继续往下问，又是个没有答案的讨论。请问这位才16岁就悄然拒绝进入大学的孩子，问她未来想做什么，当然是答不出所以然的。我只能告诉自己，一切都在变动，现在孩子的想法是这样，不代表她一直就这样，我要等待转变的契机。

对如此不受控的孩子，我还有别的办法吗？既然不想上大学，也许干脆在家自学还好点儿。于是“在家自学”的声音，不时在我耳边响起。

离开职场后，我有更多的时间可以陪伴孩子，阅读更多心灵书籍，我渐渐体悟到，我们现在的知识体系太过片面，很多父母其实有能力给孩子更具开发性的知识，而好的人格教育胜过所有的学历和文凭。

为此我开出一长串的课程争取夏绿蒂的认同，极力说服她在家自学。课程内容包含：宇宙天文学、中西古典文学阅读、社会学、静坐等心灵启发课程、烹饪课程、影音艺术课程、创作课程、一年海外旅行生活体验等。

“丁女士，你觉得我会乖乖地每天一早起床，接受你的学习安排吗？我又不是从小在家自学的孩子，‘家’对我而言就是放松的地方，你的想法太不切实际了。”

我很确定一件事，想要强加任何事情在这孩子身上，注定会滑铁卢，于是我的在家自学计划，就这样败下阵来。

夏绿蒂在高一下学期结束前，接获校方通知，暑假她必须在学校补修课程、补考和暑期辅导，三管齐下，才有可能挽救她惨不忍睹的成绩。一向自认为潇洒的夏小姐终于感到惊恐了。她无法想象自己快乐的暑假，都必须待在教室里。

“该怎么办？可爱的夏天，属于我的沙滩、阳光和青春就这样被毁了！”

我在一旁听了，倒挺开心。

“这叫自作自受啊！夏小姐。”

接获补考噩耗的当天，假日好友团们在聚会中告知夏绿蒂，台北新成立了一所实验学校，台北影视音实验教育机构（Taipei Media School，简称TMS）。校长是台湾知名的作家和电影产业的重要推手小野，学校专门培育影视音人才。好友们认为，这家学校的课程设计和内容很适合夏绿蒂，鼓励她去考考看。原本打算瞎混三年的绿蒂，迫于暑假的酷刑，决心要考上TMS，冠冕堂皇的理由是——她想重拾小时候舞台总监的梦想，但真实理由是她想要有个快乐暑假。

TMS 的入学考试很简单，学生要准备三件作品，形式不拘；另外，还要一份自我介绍的文字说明；最后，外加一次口试。因为学校是第一届开办，所以知道消息的人并不多，仅有 134 人报名，录取人数则是 41 人。

就这样夏绿蒂在高一下期末考前，开始准备自己的三件全新作品。第一件作品是她去年暑假的画作以及高中课堂上的涂鸦；第二件作品是拉小提琴的影音；第三件作品则是唱歌和自我介绍。

至于口试，夏绿蒂则是自信满满，因为她什么都不会，就是能说，能讲。至于我说让她花点儿时间整理回答思路，她绝对是嗤之以鼻的。

“口试就是聊天，聊天就是我的强项，强项还需要暖身吗？况且，录取率 1/3，很容易啦！”

又来了！整个狂人状态。

口试当天，夏绿蒂特别打扮成文青风，穿上一件短版运动 T 恤、大宽裤、白色休闲鞋，然后在衣帽间花着大把时间，调整她的发型。尽管我知道印象分数也很重要，但看她一副老神在在的样子，我就不自觉地替她紧张起来。

“Take it easy，OK？（**放轻松，好吗**）雯静。”

考完口试，夏绿蒂自认为对答如流，完美无比。殊不知，她其实有好几个问题没听清楚，有点儿答非所问。直到发榜那天，她才恍然大悟。看到网络榜单，夏绿蒂立刻打电话给我。

“丁雯静，我跟你说，我竟然是备取，怎么可能？我要崩溃了！ TMS将来一定会后悔没选上我。我要烧小野的书以示愤怒。”

每每遇到事情，夏绿蒂的情绪发泄模式，总是很戏剧，为娘早已习惯，但要烧书，这是第一遭，听起来还有点儿恐怖。

“夏小姐需要这么激动吗？小野校长跟你又没仇，更何况，他可能完全没有参与评分。备取表示，其他人比你优秀。”

但这些话语并无法让夏绿蒂镇定下来，我想，这时候宗教的力量应该很有效。

“如果你相信神，待会儿挂了电话，你就祷告吧！跟上帝说，未来如果你进 TMS，一定会好好学习，希望你是备取第一名。”

根据夏小姐转述，挂上电话，原本情绪愤怒的她，突然感到一阵伤心，知道自己无缘到实验学校上课，她又蹲在路边大哭一场，那座架得比天高的自信高塔瞬间崩解。她跟上帝祷告，诚心诚意地，她说，这可能是她这辈子（你是几岁啊）最安静的时刻。

发榜那晚，夏绿蒂很早就上床睡觉，我们全家人都给她一个大拥抱。她想要忘记眼下一切，让明早一起床有重新启动的感受。

“妈妈，我决心今年暑假在课堂上涂鸦两个月（这是什么决心啊）！”

我坐在床边，看着已进入梦乡的绿蒂，眼角还残留泪水，尽管心疼，还是觉得欢喜，欢喜她遭受挫折后依旧坚强。

将近一个星期，夏绿蒂几乎已放弃 TMS ，一则大逆转的消息传来。

妹妹荞安告知，夏绿蒂是 TMS 备取第一名，有一名录取的同学弃权，所以可顺利递补上去。

“这是在整我的意思吗？（怎么忘了感谢主了呢？而是陷入一整个不爽！）” 理应兴高采烈、欢欣鼓舞的场面不见上演，反之，她一直纠结于没有在一开始就被选上，备取根本是在羞辱她！夏绿蒂悻悻地说，“我要去洗澡了！”

我和妹妹面面相觑：“夏绿蒂你可以再傲娇一点儿吗？”

- No.4 -

# 人生中第一次办画展

2016 年的夏天，女主角夏绿蒂又历经了一段小颠簸，以“唯一”备取的身份挤进了台北市新设的实验学校 TMS。她的暑假终于彻底脱离高中补考、补修阴影，可以大方地奔向青春的海滩。

这位太天真的少女，没有料到计划始终赶不上变化，她还来不及到淘宝买比基尼，便接到了新的暑假作业。

为自己的 16 岁办一次画展。

“丁女士，你很瞎耶！画画只是自己娱乐，纯粹好玩，属于私藏品。更何况，有谁眼瞎，要办我的画展啊！”

果然是夏绿蒂的标准回答，用“否定”来“肯定”自己，但她那善于察言观色、听音辨意的老妈，自然从她的语气中觉察出某种迟疑。

“有谁眼瞎，要办我的画展？”这话里有玄机啊，看来只要有人愿意办展，事情是可讨论的。

让她老妈来模拟一下，夏绿蒂此时此刻心中的小剧场是怎样演的：

真的有人愿意办我的画展吗？真的吗？真的吗？我不敢相信，我不敢相信。太诡异了！这一切都是假的，我千万别上当！

她得伪装成“这是什么鬼”的姿态，来将自己继续保护在孤芳自赏的安全地带。

我很清楚，这份暑假作业，夏绿蒂愿意接单。

“目前有两家店的老板，他们看到你的作品，主动提出想办画展的想法。这是店长的电话，我请美美阿姨协助你，你们一起去谈。一来场勘，想想看要如何布展；二来了解每个展场的合作条件。”

看她妈如此精准、高效率的执行守则，夏绿蒂知道，她妈没骗她，所以只能乖乖就范。

其实这份暑假作业真的来得很巧，时间就发生在TMS考试结束之后。

夏绿蒂若不是为考TMS，将自己的画作整理扫描，我的朋友也不会有机会欣赏，进而搭起了办画展的机缘。也就是说，这份暑假作业是夏绿蒂自找的。

夏绿蒂累积的创作，主要来自去年夏天。那是会考结束，暑假期间，几乎所有的同学都在为高中生涯预备，补习课程满档，唯独她无所事事。

当时她唯二的玩伴只有妹妹荞安，还有从美国回来过暑假的艾伦。艾伦是我的工作伙伴明洙的外甥，和夏绿蒂年纪相仿，身高相近（163cm），皮肤黝黑，长得极为腼腆，是属于天才型的亚洲孩子（艾伦在智商测验的确是属于天才等级，据说有145，因此课堂学习对他来说，极其简单）。

艾伦和夏小姐都是恐怖片的同好，也很喜欢伊藤润二[①] 的漫画，两人对恐怖片和暗黑品味的喜好一致；尤其艾伦看恐怖片时，脸上几乎完全没有表情，这让用夸示法演绎人生的夏小姐相当震惊。她认为，艾伦有一个不为人所知的暗黑世界。

还记得豪太吗？夏绿蒂当时的男友，已经考上了他心目中的理想学校台湾台北一中 。

夏小姐倒是大方地介绍豪太和艾伦认识，甚至还安排了一起出游，但两个大男生似乎互相不买账。

夏绿蒂说，豪太和艾伦的互动是属于默片电影，寂静到能听见风吹动头发的声音。原本想通过在线游戏让他们结盟，不巧的是艾伦不玩在线游戏，她主观认为，男生没有游戏作为相处界面，要他们聊天简直比登天还难，于是她放弃了无谓的努力。

白天豪太去补习，夏绿蒂和艾伦到公司一起画画。我对夏绿蒂唯一的

① 伊藤润二：日本著名恐怖漫画家，作品有强烈社会批判性，代表作有《富江》《漩涡》《人头气球》等。

要求是，画出她心中的世界。当时带领夏绿蒂创作的是她儿时的启蒙老师TIA。TIA也是我在长天的工作伙伴，本身也是艺术家，更是一位很懂得激发孩子潜能的老师。她完全让夏绿蒂画出自己的自信，然后在关键时刻，刺激她的一些想法。至于创作状态，TIA采取放纵状态，只要孩子开心自在就好。

就这样，夏小姐边嗑《康熙来了》边画画，艾伦其实对画画兴趣不大，总是没画几笔就停了，他大半的时间在看自己的电子期刊，还有一些时间就用来看恐怖片。几乎所有恐怖片艾伦都有收藏，包括夏绿蒂一直想看的《人体蜈蚣2》[①]。

观影完毕，夏绿蒂大失所望，因为电影没有交代缝制人体蜈蚣的细节——她不在乎剧情很恶烂，但在乎导演拍得不够逼真。

“不是说魔鬼藏在细节里吗？导演太混了！”

“你们可以想些愉悦一点儿的画面吗？”

“恐怖也有自己的美感，是你们看不到而已。”

或许是臭味相投，艾伦倒是很赞同夏绿蒂的观点，尤其每每看到夏绿蒂的涂鸦，他总是不自觉地说：“夏绿蒂太厉害了！你是怎么办到的！”

我当时一直想不通，如此不受控的夏绿蒂竟然愿意每天准时到公司画画，

①《人体蜈蚣2》：荷兰恐怖片，内容讲述一位英国男子观看了人形蜈蚣的电影后，决定制造出由12个人所连接而成的人体蜈蚣。

而且连续画一个月，应该还有更强的动力驱使她，否则她应该是宁愿在家睡懒觉，到公司对她的意义不大，因为在家也可以画。

所以，尽管夏小姐不愿意承认，但她如此努力创作绝对和艾伦的鼓励有关，甚至艾伦还给她提供了创作灵感。

不知是不是综合了《康熙来了》的趣味性和恐怖片的情境，夏绿蒂不自觉地画出了奇幻、诡谲、童趣又有点儿暗黑的涂鸦风格。其实，她并没有很好的绘画技巧，纯粹是靠着感受而画。

她自我分析说：“创作时，我会先画眼睛，因为眼睛就是一个人灵魂的投射。每幅画的眼睛都不一样，其他的东西都是配角，都是次要的。有时候，觉得身体不是很想画，就随便勾勒一下，但如果要我认真画那个已经空白的身体，我也画不出来，因为我觉得空白有时候反而是刚刚好。”

夏绿蒂只在乎眼睛的画法，意外地造就了她清晰的创作风格（简单地说，应该是误打误撞搞出来的风格）。

艾伦要回美国时，毒舌的夏绿蒂竟对艾伦说：“如果你身高未达180cm，就不准你回来。以后你也就别想回来见我了。”（夏小姐，你有确定艾伦下次回来还想见到你吗？你会不会自己想太多啊！而且这是缪斯“男神”该有的待遇吗？）

艾伦竟然笑着点点头，然后带着被夏绿蒂乱戗的回忆，回到了安静国度——美国，从此不见人影。

就这样，积累了两个夏天，成就了夏绿蒂画展的主要元素。

我给夏绿蒂 5000 块的预算，要求她在这个预算内，办好自己的画展。我期待她在完成画展的过程中学会几件事：

一、掌握筹办画展应有的流程。

二、学习如何与办画展的相关人士沟通、如何开会、如何把自己的想法让周遭的人理解，进而执行到位。

三、学习在现有的网络平台做最有效的宣传。

在举办画展大原则确立后，我委请好友美美协助行政事项。美美毕业于美术学校，有深厚的美工底子，是我中天电视时期的工作伙伴。未婚前，美美曾经有一年的时光都在陪伴着夏绿蒂，是夏绿蒂很好的咨询对象。重点是美美开朗的笑和明亮的嗓音，让所有和她一起工作的伙伴，都能有好心情。

前长天伙伴阿松协助画展文案，为这次的画展定调。阿松是本书的特约编辑，也是看着夏绿蒂长大的，我家的常客，由他和夏绿蒂一起讨论文案，是最佳人选。阿松特别花了几个晚上访问夏绿蒂，理解创作思路，最后，因为夏小姐的创作都以眼睛为主题，画展定名为：“夏绿蒂的大眼睛——看见 16 岁”。

三人画展小组成立，确立工作流程后，我就退居幕后，做个隐形人。

美美和阿松的工作原则是以夏绿蒂的构想为主，除非有太大的错误，否则都由绿蒂自己做主。毕竟这是她的作品，她的暑假作业，还是要仰赖她自己完成。

一开始，夏绿蒂的表现堪称乖巧，可惜，这种感人的氛围没有持续多久。本来画展事项都在同步顺利推展，然而就在阿松要和夏绿蒂进行粉丝经营的讨论时，被她狠狠拒绝：“为何要在网络上介绍自己的画？我只是随手创作，又不是什么了不起的作品，有点儿王婆卖瓜的感觉，这样很恶心耶！”

当初设计粉丝专页的想法是，通过办画展和经营网络平台，鼓励夏绿蒂持续创作，没想到她会有如此大的反应。

“喜欢我的画作，自己就会来看画展。不需在网络上张扬，一切随缘、随性就好，搞得如此高调很惹人嫌。”（这位小姐你是在给你妈打脸吗？）

或许夏绿蒂是对的，只是一份暑假作业，一种体验，何须搞得如此隆重？而且我不断提醒自己，这个暑假作业主要是鼓励夏绿蒂继续创作，至于有没有人欣赏并不重要。创作力的持续才是重点，千万别搞错方向。或许孩子的想法是对的，等到夏绿蒂自己想经营的时候，自然就会做好，我也就不再坚持。

所以要对自己念："丁雯静请你低调点儿好吗？不要再犯媒体人爱宣传的老毛病了！"

话虽如此，我所谓的低调，在别人的眼里还是很高调的。

画展当天，朋友赞助的糕点几乎将餐点台塞爆，好友 Lily 还邀请了台北的冠军咖啡师来现场做咖啡，朋友们送来花篮将现场点缀得美不胜收，还有一些朋友为了鼓励夏绿蒂创作，在开幕当天立马订下画作。任谁看了，都不会认为她娘想要低调。（真想击鼓鸣冤啊，我只是用电子邀请卡告诉亲朋好友有空来参加画展开幕，我真没干别的啊！）

开幕前一小时，我问夏绿蒂，作为创作者将要当众讲话，会不会感到紧张。

她的回答有点儿妙："当画作在我的画册里时，我觉得这些画是属于我的，但当我决定将画作展出时，这些画就已经不属于我的了。我觉得自己只是来参加一个叫夏绿蒂的女孩的画展，所以我是来玩儿的，一点都不会紧张。"

这种抽离的情绪，是夏绿蒂典型的反应，我一点儿也不惊讶。当人愈多，她就愈抽离，她喜欢从遥远的位置看人群，她不想挤进人群里。

那天夏绿蒂上台接受阿松采访时，自爆创作动机是"为了看《康熙来了》有事可作，以免被爸妈责骂"，让全场大笑不已。

除此之外，她还很慎重地说了自己办画展的态度："如果大家能和我多讨论对画的想法，还有你们看到的世界，这将会是最棒的赞美。”

事实上，她认为，创作的诠释权是留给所有人的，不是作者独享的。作者的诠释只是作者自己的思绪，不代表全部。

席间她花了一点儿时间，介绍校园霸凌的严重性。

像那幅《顽童》，她描述了霸凌者其实也充满恐惧的心态，但人们如果给他们贴标签，他们就永远被排拒在外，对问题一点儿都没有帮助。同样，夏绿蒂用一幅《木心》来说明，被霸凌的孩子，他们内心世界的恐惧，以及被霸凌后，如何面对世界的处境。

我看着绿蒂受访时，自然流畅地表达着自己的想法，一副落落大方的模样，突然难得地有了一种“吾家有女初长成”的感慨。

我想，布置这份暑假作业是对的，现在的夏绿蒂，的确是更成熟、更自信了。

参与画展的朋友，不少人在席上分享自己的想法。

真没想到，那么多人小时候也很喜欢画画，当然，大部分人又在考试升学压力下，放弃了画笔，原因是：画画会饿死。

也有朋友说，自己用了一辈子在寻找自己，做了人人称羡的律师、企业家，但 60 岁退休后，才知道自己的兴趣是写作。他们都很羡慕这个时代的孩子，

可以提早发现自己,提早发挥自己所长,进入创作的历程,经历人世间的美好。

一场画展不只孩子成长，也带给很多家长思考，思考如何协助孩子找到自己的兴趣。如果孩子真的不爱念书，是否就该被社会淘汰，孩子是否还有别的选择?

一场画展真的不能代表什么，但十场、一百场，那意义就不一样。虽然我鼓励夏绿蒂创作，但我无法帮她决定未来所走的路。不少朋友私底下跟我说，这孩子太幸运了，如果生在别的家庭，书读不好，大概也就完蛋了，哪会鼓励孩子创作，办什么画展。

但我不是这样想的。

夏绿蒂愿意做她自己，大环境给她发挥的舞台，而我们期待她将体验的能量，累积成自己的创作，至于成果如何，就顺其自然，不强求，也不奢想。

我深深相信一件事。

每个孩子都有创作的能耐，只是我们有没有空间，让他们自由地释放，如此而已。夏绿蒂的故事，不是典范，不值得学习，但你的孩子绝对是唯一的，是有自己的天地的，不过这个天地需要父母和孩子一起走过。

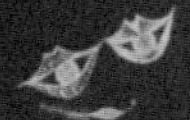

作者簡介：

夏綠蒂　雙子座

2000年降落地球

24° 59'59.1"N 121° 33'29.7"E

16歲少女夏綠蒂因腦漿運轉率不高，無法應付課堂考試，
總是在試卷上塗鴉消磨時間，就這樣畫出了自己的世界。
從小酷愛恐怖片、伊藤潤二漫畫，關注社會新聞、國際新聞。
蔡康永和小S的≪康熙來了≫是她畫畫精神鴉片。
夏綠蒂喜歡口出狂言，
每每立下豪志總是虎頭蛇尾，是典型「好藝務勞」的廢材。
她說：「千禧世代的孩子，可以廢，但一定要有才！」

**“夏绿蒂的大眼睛”创作理念：**

青少年是荷尔蒙激增的时期，每个孩子都有自己的模样。

他们身体混杂着叛逆、混乱、傲娇、闭锁、邪恶，同时也散发着激情、浪漫、关怀、怜悯与爱。

青少年是各种矛盾的集合，是混种生物，诡谲和童趣的结合，但又带着人类该有的态度和温度，这成为夏绿蒂创作的主调。

人生中的第一次画展，夏绿蒂面对人群侃侃而谈，好像一瞬间就长大了。

夏绿蒂的大眼睛。

后记

## 学会恭喜孩子“撞上爱情”

香港富商李嘉诚曾经在他的经营讲义上说：这辈子两个人决定你是富还是穷。

一个是合作伙伴。

一个是配偶。

配偶之所以重要，是因为你的配偶，可以摧毁你，也可以激励你。

既然如此，我们有没有想过这样一个问题：我们究竟为寻觅他（她）、确认他（她）花过多少时间？

从小到大，我们花很多时间去学习应付考试的知识，但我们觉得花时间修习爱情的功课则是浪费时间。我们的逻辑通常是，把自己培养好，将来自然会遇到条件相当的人，只要门当户对，爱情自然就会顺遂，婚姻就会幸福。

可惜这种看起来无比正确的逻辑，常常会被现实所教训。

如今，爱情质量的经营，已经成为现代社会普遍意识到的问题，但很多人并不知从何下手。要知道学习“谈情说爱”，不是耍花招，追求异性，讨

对方欢心，而是要面对两性相处遇到的挑战和问题，从中学习和异性沟通、互动，彼此理解，彼此支持。这些练习绝对有助于未来的婚姻生活。

简单地说，修习爱情课是需要从“蹲马步”的基本功开始学起的，学蹲马步总不能等到年纪大了，筋骨僵硬了才练吧！

我必须承认，我是个“非典型”母亲。

我愿意开放孩子修习爱情功课，也很愿意陪她们做功课。夏绿蒂的同学们都很羡慕她有这样的妈——

倾听她的爱情故事。

成为绿蒂的恋爱教母。

用成人的状态来对待她们。

给她们自主和自由的空间。

但我必须说，这两年多以来，成长的不只是夏绿蒂，还包括她娘，我。

我清楚地知道，孩子许多的恶习都来自父母。

我的人生因此做了一次“成长的自省功课”，这让我有重生的感受。

而历经两次恋情的夏绿蒂，除了情商逐渐提高之外，她也同时体悟到，“分手”才是一个人爱情质量的最大考验。

尽管九年级时，她在恋爱日记的最后一页写下了“豪太，谢谢你”，但她在分手初期，却犯了全天下女人都会犯的错——绝不手软地打击对方！

夏绿蒂在脸书上敲锣打鼓，放任同学八方相告：她和豪太分手了，当然，一切一切的错，都是豪太！

所有的同学也不自觉地站到她这边，加入了夏绿蒂的泼妇行列。

但高一和比部分手时，她却平静地接受，没有太多情绪。原因很简单，她不再是那个一失恋就进入世界末日的躁动女孩了。

后来夏绿蒂和我分享她的“分手经”。她有了新的体悟。

“和豪太分手时，我实在不应该将他视为仇家，更糟的是我竟然不自觉地邀请朋友加入我的咒骂行列，我凭什么这样做？只因为豪太不是我的男朋友。那过往他对我的好又算什么？我否定他，是否也否定自己的眼光？我实在不应该这样，感觉很没品。”

老实说，我有点儿吓到，关于夏绿蒂这段自白。

她才 16 岁。

而她妈，开始学会尊重爱情，应该是我 30 岁以后的事。

才两段恋情，竟能有此体悟，实在不应该小看孩子的领悟力。

夏绿蒂认为，她之所以能如此高效地学习爱情，是因为父母没有打压她谈恋爱。

“如果我的爱情是被打压的，我就会将焦点移转到和你们的对抗上来，完全无法专注相处的细节上。我的爱情功课就会学得很缓慢。”

我之所以不反对孩子谈恋爱，来自我的家庭教育。

我的父母从不反对我在求学时谈恋爱。他们从未对我说“雯静高中以前要好好念书，等到上大学再谈恋爱”这种话。

而且，我从小学到大学恋爱从未间断，但并没有影响我的课业，相反让我比一般同龄人更懂得爱情的道理。进入社会，我勇敢追爱，一路挺进，从未恐惧。这一切都要归功爱情的火种，它在我的家庭里不需要被浇灭，而是被祝福和呵护的宝贝。

当然我并不是初始就如此通达事理，毕竟父母亲角色并不容易驾驭。

夏绿蒂刚开始谈恋爱时，我也曾忧心忡忡，我和天底下所有的父母都一样怀疑：孩子你是认真的吗？会不会太早了？

但当我回想起我的父母如此信任我，我为我不信任夏绿蒂而感到羞愧。

我决定，效法我的父母，用他们的方式来对待我的下一代时，一切就改观了。这让我和孩子的关系，从南极的最低温，回温到赤道的炙热。

事实上，我们都忘记了，求学时代是修习爱情学分成本最低、也是最美丽的黄金岁月。

错过了学生时期，爱情修习的场域变得更复杂，其实是需要更高功力的情商来面对，但很多人的情商从未锻炼过，还处于很稚嫩的阶段，就被迫要面对难度很高的爱情习题，实在是力不从心。

如今的时代变化很大，人们需要“非典型”力量，因为“典型”已经不足以应付新世界。我看到愈来愈多的“新父母”和“新孩子”，他们在物质充裕的条件下成长、重视家庭成员的互动质量、重视孩子的心灵世界。

他们相信“爱情”是人生重要功课。

人们谈爱，不再流于工具型的“传宗接代”。

人们谈爱，不再只是需要物质上的安全感。

人们谈爱，是为了学习寻找灵魂伴侣的旅程。

人们谈爱，是为了提升生命的智慧之门。

就连我自己，也在不断成长。

以前我会认为，我存在，因为爱。

现在我会说，我存在，因为爱过。

人生本来就是一场接一场的心灵试炼，爱情绝对是试炼的重要部分。

如果我们的孩子在求学时期“撞上爱情”，学习恭喜他们，因为他们取得了修炼爱情学分的门票，这表示他们往成功人生迈进一大步。

截至此时，夏绿蒂的恋爱状态为单身。

如今，有没有爱情对她来说不再是困扰了，她甚至说，偶尔享受单身自由也不错哦！但天知道，她何时又会被爱神的箭射中。

谁知道呢，我们都在踏向未知的旅程，不妨期待更加精彩的未来吧！

**图书在版编目（CIP）数据**

亲爱的夏绿蒂 / 丁雯静著；夏绿蒂绘 .-- 北京：北京联合出版公司，2017.2

ISBN 978-7-5502-9432-5

Ⅰ.①亲… Ⅱ.①丁…②夏… Ⅲ.①散文集 - 中国 - 当代Ⅳ.① I267

中国版本图书馆 CIP 数据核字 (2017) 第 003431 号

# 亲爱的夏绿蒂

著　　者：丁雯静

绘　　者：夏绿蒂

监　　制：杨　颖　乔　迦

责任编辑：崔保华　蒋芳仪

特约编辑：李霖松　崔静雯

---

北京联合出版公司出版

（北京市西城区德外大街 83 号楼 9 层 100088）

北京汇瑞嘉合文化发展有限公司印刷　新华书店经销

字数 150 千字　880mm × 1230mm　1/32　9 印张

2017 年 2 月第 1 版　2017 年 2 月第 1 次印刷

ISBN 978-7-5502-9432-5

定价：39.80 元

---